KB043143

베로니카의 낮과 밤

베로니카의 낮과 밤

발행일   2023년 3월 31일

지은이   김미리
그린이   한백
펴낸이   장재열
펴낸곳   단한권의책
출판등록   제25100-2017-000072호 (2012년 9월 14일)
주소   서울시 은평구 서오릉로 20길 10-6
팩스   070-4850-8021
이메일   jjy5342@naver.com
블로그   http://blog.naver.com/only1book

ISBN   979-11-91853-32-2 (03810)
가격   12,000원

김미리 지음

베로니카의 낮과 밤

단한권의책

작가의 말

저는 설탕을 무척 좋아했답니다.

카페에 가면 늘 카페라테를 주문해서 설탕을 두 개씩 넣었습니다. 가끔은 두 개 반이나 세 개를 넣을 때도 있었지요. 설탕이 잔뜩 묻은 도넛과 설탕을 솔솔 뿌린 토마토도 아주 좋아했습니다.

설탕은 대체 불가능한 단맛을 가졌다는 점에서 사랑에 빠지는 일과 닮았습니다. 내가 원하는 그 사람이 아니면 안 되는 게 바로 사랑이니까요. 그래서 저는 사랑도 설탕 같아야 한다고 생각했습니다. 압도적으로 달콤하다가 열정적으로 끓어올라 아찔한 캐러멜 향을 풍겨야만 비로소 사랑이라고 부를 수 있다고요.

지난해에 저는 설탕을 끊었습니다. 양념 선반에는 아직 남아있지만, 뚜껑을 여는 일은 없습니다. 설탕이 없는 세상이라니, 처음에는 몹시 우울했습니다. 하지만 달지 않은 커피에 익숙해지는 동안 새로운 맛을 발견하는 기쁨을 얻었습니다. 강한 단맛이 사라진 자리마다 각각의 음식 재료가 가진 본연의 맛이 모습을 드러내더군요. 이제는 설탕을 넣지 않은 우유도 꽤 달콤하게 느껴집니다. 무작정 단맛을 쫓을 때는 알지 못했던 절제의 즐거움도 덤으로 찾아왔습니다. 그리고 알게 되었지요. 사랑에도 다양한 맛과 온도가 존재한다는 것을요.

은은하게 온기를 유지하는 따뜻한 사랑이 뜨겁게 타오르는 강렬한 사랑보다 부족하지 않습니다. 어쩌면 더 치열할지도 모르겠습니다. 사랑은 어렵습니다. 하지만 최고로 멋진 일인 건 분명합니다.

이 글을 쓰는 지금, 창밖은 온통 설탕같이 하얀 눈 세상입니다.

아름다운 풍경을 바라보며 사랑하는 사람들을 생각합니다. 눈사람을 좋아하는 조카 지유, 선하고 다정한 등대 J, 존경하는 벗 지영의 어여쁜 얼굴을 떠올립니다. 그리고 제가 쓴 사랑의 이야기들을 담은 이 책을 읽어 주실 당신을 생각합니다. 그리운 얼굴과 그리운 풍경을 마음에 담고, 조용히 책장을 넘길 당신께 감사의 마음을 전합니다. 다음 계절에도 또 만나고 싶습니다.

2022년 12월 21일

김미리

차례

1

축제의 밤

축제의 마지막 밤이다.

하늘에서 불꽃이 끝도 없이 터진다. 당나라에서 가져왔다는 신기한 물건이다.

화려한 불빛이 가득한 거리는 대낮처럼 붐벼 서로 어깨를 밀며 지나가야 할 정도였다. 신라 사람들뿐만 아니라 갖가지 피부색을 가진 이방인들까지, 서라벌의 사람들은 모조리 다 나온 것 같았다. 어쩌면 오래 묵은 물건이나 무너진 집에 숨어 살던 도깨비와 요괴들까지 슬그머니 나와 섞였을지 모를 일이다.

그들이 뿜어 대는 온갖 냄새가 사방에 들끓었다. 독한 술

냄새와 구운 고기의 탄 냄새와 생선 비린내, 여인들의 향낭에서 새어 나오는 머나먼 나라의 꽃과 풀뿌리 향기, 고약한 땀 냄새와 체취, 욕망과 정염과 광기의 냄새가 났다.

주점은 하나같이 문전성시를 이루어 빈자리를 찾기가 어려웠다. 앉을 자리는 물론이거니와 서서 마실 자리도 없었다. 도시 전체가 몸을 가누지 못할 정도로 술에 취했다. 축제는 내년에도 열릴 테지만, 모두 오늘이 마지막인 것처럼 즐기고 있었다.

하긴, 그게 서라벌의 매력이지.

신라 왕국의 수도이자 대륙과 대륙을 잇는 무역의 요충지. 오랜 평화를 누린 덕에 경계심 따윈 잊어버리고 만사가 즐거운 이들과 대륙과 대륙을 넘나들다가 자유와 방종을 구분할 수 없게 되어버린 여행자들이 어울려 사는 도시. 딱히 축제가 아니더라도 매일 밤 술잔 부딪치는 소리와 왁자지껄한 웃음소리, 곡조가 엉망인 노랫소리가 늦은 밤까지 질펀하게 넘쳐 나는 곳이 바로 이곳 서라벌이다.

여기서 보낸 세월이 벌써 십오 년인가.

난아(蘭娥)를 만나지 않았더라면 지금쯤 나는 어느 곳에 있을까. 어느 먼 나라의 낯선 거리에서 낯선 별이 뜬 하늘을 바라보고 있을지, 알 수 없는 일이다.

처음 만났을 때, 난아는 발그레한 볼을 가진 귀여운 소녀였다.

깨끗한 이마와 결이 고운 눈썹, 그 아래 반짝이는 예쁜 눈이 보석 같았다. 난아는 수줍어서 어머니의 등 뒤에 숨으면서도 끝내 호기심을 이기지 못해 자꾸만 머리를 내밀었다. 그 모습이 어찌나 사랑스럽던지, 나는 주머니에서 낙타 뼈로 만든 목걸이를 꺼내 난아에게 내밀었다.

"이게 뭐예요?"

"사막에 사는 다리가 긴 짐승의 뼈로 만든 목걸이란다. 네게 선물로 주마."

"사막이라는 곳은 끝도 없이 모래벌판이 펼쳐져 있다면서요? 태양이 모든 것을 태워버려 풀 한 포기 나무 한 그루 살 수 없다는 게 사실인가요?"

난아가 하얀 손으로 목걸이를 꼭 움켜쥐고서 내게 물었다.

"끝도 없는 모래벌판이긴 하지만 그곳에도 생명은 있단다. 열기와 갈증에 맞서 싸우는 강인한 풀과 나무들이 있고, 그것들을 먹고 사는 짐승들이 있고, 그 짐승들을 길들여 젖과 고기를 얻는 사람들도 있는걸."

"그 말이 참이세요? 아저씨는 어찌 그런 일들을 아시나요?"

"그곳이 내 고향이니까."

'고향'이라고 말하자 입안에서 모래 알갱이가 구르는 맛이 났다.

"아하, 아저씨의 얼굴이 이곳 사람들과 다르게 생긴 까닭을 이제야 알겠네요."

난아는 나의 높은 코와 긴 속눈썹을 가리키며 말했다.

그 말을 듣자, 이곳에서도 여전히 이방인일 수밖에 없다는 사실이 새삼 가슴을 때렸다. 맑은 눈으로 바라보는 아름다운 소녀에게, 나는 아무 뜻 없는 미소를 지어주었다. 나는 그저 잠시 머물다 떠나는 자일뿐이었다. 소녀는 나를 만났던 사실을 금세 잊겠지. 내가 건넨 작은 선물 또한 어딘가에서 먼지를 뒤집어쓴 채 헛되이 뒹굴고 말 것이다.

"이 짐승의 이름은 무엇인가요?"

난아가 목걸이를 들여다보며 물었다.

"'낙타'라고 한다."

"낙타……. 어쩐지 무척 외로운 기분이 드는 이름이네요."

낙타는 외로울까.

나는 한 번도 그런 생각을 해본 적이 없었다. 뜨거운 사막을 맨발로 걷는 짐승, 그들은 외로울까.

고향 사람들이 섬기는 신은 이름이 아흔아홉 개나 되었다. 사람들은 말하기를, 사실은 하나를 더해 모두 백 개의 이름이 있는데 마지막 백 번째 이름은 오직 낙타만이 안다고 했다. 그래서 낙타는 거들먹거리며 걷는 것이다. 인간들이 아무리 무거운 짐을 실어도, 고삐를 매어 끌어도 낙타는 고개를 높이 들고 걷는다. 요놈들아, 죽었다 깨어나 봐라. 네놈들이 엉덩이를 치켜들고 절을 하는 그분과 나처럼 가까이 지낼 수는 없을 게다.

나중에 난아는 내게 고백했다.

"거짓말이었어요."

난아는 달콤한 목소리로 속삭였다.

"'낙타'라는 이름을 들었을 때는 아무 느낌도 들지 않았어요. 그때 내가 정말로 하려던 말은, '당신은 무척 외로워 보이네요.'였거든요."

나중에, 내 아내가 된 첫날밤, 내 품 안에서 난아는 그렇게 말했다.

사람이라기보다는 미친 짐승의 무리 같은 군중을 헤치고 겨우 집으로 향한 시간은 밤이 깊어 새벽으로 접어들 무렵이었다.

머리가 어지럽고 속이 메슥거렸다. 이런 날 밤에 바깥에서 돌아다니는 일은 이제 그만해야 할 나이가 되었음을 다시금 깨달았다. 큰 돌이 깎여서 모래가 되고, 가죽신의 밑창이 닳아 구멍이 나듯 인간의 몸도 시간이 지나면 쇠락해지기 마련이다. 작은 소녀가 자라서 성숙한 여인이 되는 동안 나 역시 한 세월을 지내온 것이다.

번잡한 중심가를 벗어나자 소음과 빛은 등 뒤로 밀려났다. 바짓단이 이슬에 젖어 축축해졌다. 걸음이 자꾸 엉킨다. 나는 잠시 멈추어 서서 숨을 골랐다.

처음 낯선 땅에 발을 들였을 때, 접하는 모든 것이 새롭고 기이했지만, 그중 으뜸가는 것이 술이었다. 신의 뜻을 전한 위대한 예언자는 신의 이름으로 그것을 금했다. 그릇 안에 찰랑거리는 그것은 달콤한 향내를 풍기며 나를 유혹했지만, 감히 손을 뻗을 용기가 나지 않았다. 뭘 하고 있어! 불알 달린 놈답게 한 번에 비우란 말이다! 동행한 늙은 상인은 망설이는 나에게 윽박질렀다. 찔끔 놀라 펴진 손가락이 다시 움츠러들기 전에 나는 잔을 들어 단번에 마셔버렸다.

목구멍을 타고 내려가 뱃속까지 번지는 액체의 화염. 나는 눈물이 나도록 기침을 해댔고, 늙은 상인은 손뼉을 치며 그런 나를 조롱했다. 아버지 앞에서 신께 맹세코 귀한 아드님을 자식처럼 잘 보살펴주겠노라 약속했던 모습은 간데없었다. 갓 난아기가 젖을 마시는 꼴이 네 놈이 술을 마시는 꼴보다 사내 답겠구나! 사타구니에 달린 쓸모없는 것을 싹둑 자르려무나!

원숭이처럼 교활한 늙은이는 처음부터 상황을 완벽하게 이해하고 손익계산까지 마친 터였다. 그가 할 일은 나를 고향 에서 멀리 떼어놓는 것이었다. 아버지가 다스리는 당신의 땅 과, 당신의 대상(隊商)들과, 당신이 사랑하는 다른 여섯 아들들 에게서.

나는 왜 떠나야 하느냐고 묻지 않았다. 아버지에게는 아들 이 일곱이나 있거늘, 어찌하여 그중 가장 어린 내가 형님들도 가지 않은 먼 길을 나서야 하느냐고 묻지 않았다. 나는 감히 물을 수 없었다. 아버지는 예언자보다도, 신보다도 더 큰 존재 였다. 아버지가 내게 원하는 것이라면 그것이 무엇이든 어찌 따르지 않을 수 있겠는가. 나에게는 눈물을 흘리며 가지 말라 고 말해줄 어머니가 없었고, 오라버니를 기다리겠노라고 말 해줄 누이도 없었다. 차라리 다행이라고 생각했다.

이제 막 솜털 같은 수염이 턱에 돋으려 하던 그때 나는 태 어나고 자란 곳을, 피와 살을 나눈 사람들 곁을 떠났다. 다시 는 돌아오지 못할 그 길 위에서 처음으로 술을 마셨다.

술처럼 기묘한 것이 또 있을까.

예언자가 술을 금한 까닭을 알 것도 같다. 술 앞에서 무너지지 않는 사람은 없다. 화염을 내뿜는 마신(魔神)이나 요망하게 홀리는 귀신들도 열 수 없는 마음의 빗장도 열어젖히는 게 술이다.

난아는 술을 잘 마시지 못했다. 한 모금만 마시면 이내 취하고 말았다. 그러면서도 나와 함께 술을 마실 때면 먼저 물러서는 법이 없었다. 술 대신 물이나 과즙을 마시라고 해도 막무가내로 고개를 흔들었다. 다른 일은 무엇이든 내 뜻을 따르는 난아가 그때만큼은 세상에 둘도 없는 고집쟁이가 되었다.

난아와 나는 밤이 깊을 때까지 술을 마시고 잔뜩 취해서 집으로 돌아오곤 했다. 취한 난아는 아무런 이유 없이도 까르륵 웃어댔다. 소맷자락을 펄럭이며 작은 새처럼 춤추는 난아, 한 잔 술에 붉어진 얼굴로 활짝 웃으면 보름밤 달조차 숨을 죽이는, 아름다운 나의 여인.

달빛이 비추는 길을 따라 나는 난아가 있는 집으로 걸음을 옮겼다.

◆ ◆ ◆

난아를 다시 만난 것은 그로부터 너덧 해가 지나서의 일이다. 새로 들여온 비단과 향료를 좋은 값에 거래하고 돌아가는 길이었다. 곧 해가 지려는 참이라, 붉은 저녁 빛이 사방에 가득했다. 나는 가던 걸음을 멈추었다. 빈집에 이대로 돌아가느니, 주점에 들러 목이라도 축일 생각이었다. 나는 뒤돌아섰다.

　난아가 거기 있었다.

　노상에 펼친 자리 위에 몇 개 남지 않은 붉은 자두와 하얀 복숭아. 남은 물건을 모두 사 갈 손님은 없는지 주위를 두리번거리는 늙수그레한 장사꾼에게 방금 산 과일값을 치르는 소녀를 나는 단번에 알아볼 수 있었다. 훌쩍 자라 키가 커지고, 통통했던 볼이 조금 야위었지만 반듯한 이마와 빛나는 눈동자는 그대로였다. 나는 소녀의 가는 목에 걸린 목걸이를 보았다. 귀여운 마음에 생각 없이 건넸던 물건을 아직 간직하고 있다니!

　더욱 놀라운 것은 난아가 목걸이뿐 아니라 나에 대한 기억마저 그대로 간직하고 있다는 점이었다. 난아가 시선을 느끼고 고개를 돌려 나를 본 순간, 망설이지 않고 내게로 뛰어왔다.

　"저를 기억하시나요?"

　난아가 물었다.

기억하다마다. 나는 고개를 크게 끄덕였다.

"이렇게 보니 반갑구나."

"어머니가, 아저씨는 다른 나라로 떠났을지도 모른다고 하셨어요. 하지만 저는 다시 만날 거라고 생각했어요. 그냥 그런 느낌이 들었거든요."

그런 느낌이 무엇인지는 알 수 없었다. 생각할 여유도 없었다. 난아의 웃는 얼굴을 바라보는 것만으로도 바쁘고 즐거웠다.

"아저씨를 만난 이후로 저는 가끔 한 번도 가본 적 없는 사막이 나오는 꿈을 꾸었어요. 다리가 긴 짐승이 나타나 '내가 바로 네가 가진 뼈 목걸이의 낙타다.'라고 말해주기도 했고요. 급히 가는 길이 아니시면 제게 다른 이야기를 들려주지 않으실래요?"

아름다운 소녀의 부탁을 어찌 거절할 수 있으리오. 난아가 낙타 꿈을 꾸었다고 해서, 나는 오래전에 들은 낙타 이야기를 해주었다.

"낙타는 커다란 눈을 가진 아름다운 짐승이다. 또한 몹시 영리하지. 낙타는 모든 것을 기억한단다. 만약 네가 어린 낙타를 매질하면 낙타는 늙어 죽는 날까지 그 일을 잊지 않아. 만약 네가 낙타의 새끼를 해치면, 그 어미는 아무리 오랜 시간

19

이 걸려도 포기하지 않는단다. 수단과 방법을 가리지 않고 너를 찾아내 반드시 복수할 거야."

입안이 말라서, 나는 기침을 한 번 하고 말을 이었다.

"나는 어느 상인의 이야기를 들은 적이 있다. 그는 대상에 끼어 사막을 건너다가 어느 날 밤, 잠에서 깨어났지. 그는 소변을 보러 가면서 자신의 짐 위에 겉옷을 벗어 덮어두었다는 구나. 그런데 어디선가 나타난 낙타가 겉옷을 덮어둔 짐을 그 상인으로 생각하고 그 위로 뛰어올라 덮쳤단다. 낙타처럼 커다란 짐승 아래에 깔렸다면 그는 아마 살아남지 못했을 게다. 기적같이 목숨을 건진 그는 그제야 자신을 죽이려 한 낙타를 알아볼 수 있었다고 해. 그는 십수 년 전에 새끼 낙타를 죽이고, 보복이 두려워 어미 낙타를 팔아버린 적이 있었거든."

나는 얼마나 비루한 인간인가. 그때 나는 그런 생각을 했다. 말 못하는 짐승조차 저에게 해코지한 자를 잊지 않고 복수하는데, 나라는 인간은 달아나는 것밖에 모르는구나.

"아, 정말 대단해요! 비록 짐승이지만 본받을 점이 있네요. 저도 낙타처럼 용감하고 영리한 사람이 되고 싶어요."

이 나라의 법도는 고향의 것과 달랐다. 여자들은 자유로웠다. 여자가 왕이 된 적도 두 번이나 있다고 했다. 난아는 아직 어렸지만, 나는 그녀의 눈에서 기백과 슬기를 읽었다.

더 해주세요.

난아가 졸랐다. 무슨 이야기를 하면 좋을까. 시체에 굶주린 귀신이나 저주를 가져오는 흉악한 눈의 이야기는 예쁜 소녀에게 어울리지 않았다. 그래서 나는 사막의 봄 이야기를 해주었다.

"사막에도 봄이 있나요? 그곳은 항상 이글이글 불타는 곳이 아니던가요?"

난아는 조금 놀란 듯 눈을 동그랗게 뜨고 호기심에 들떠 내 쪽으로 몸을 기울였다. 달콤한 향기였다. 아직은 아이들의 젖내에 가깝지만, 머지않아 성숙한 여자가 될 것이 분명한 소녀의 체취였다.

사막에도 봄이 있다. 한낮의 꿈처럼 짧지만, 그것은 분명 봄이다. 그때가 오면 사막이 온통 술렁인다. 모래 알갱이마저 소곤거린다. 설렘이 바람을 타고 물결처럼 번진다. 그리고 어느 날 갑자기, 마법처럼 사막은 꽃으로 뒤덮인다.

"꽃이 핀다고요?"

"그래, 노란색과 흰색의 아주 작은 꽃들이야. 초록색 잎사귀 사이로 별처럼 빛나는 꽃이 핀단다."

잊은 줄 알았는데.

떠날 때 모두 버리고 왔다고 생각했는데, 남은 게 있다고 해도 오래전에 다 바스러져 버린 줄 알았는데, 아니었다. 나는 아랫입술을 꽉 깨물었다. 기억은 바래지도, 닳지도 않았다. 넘치는 생명으로 일렁이는 사막의 봄 풍경이 생생하게 눈앞에 떠올랐다.

"보여요."

난아가 말했다.

"정말 아름다워요. 보여요."

난아의 작은 손이 내 손을 꽉 움켜쥐었다.

"이제 알겠어요. 나는 전생에 사막에 살던 꽃이었어요. 그래서 사막 꿈을 꾸었던 거예요."

나는 난아의 손을 내게서 떼어놓으려 했지만, 그 손은 꿈쩍도 하지 않았다. 하얀 다섯 손가락은 불처럼 뜨거웠다. 맞닿은 자리가 타들어 가는 듯이 아팠다.

"그래서 그곳에서 온 당신이 낯설지 않았던 거예요."

난아는 그렇게 말한 후에야 나를 놓아주었다.

나는 어려서부터 신은 오직 한 분뿐이며, 그분의 뜻에 따르는 삶을 산 자들은 사후에 천국에 가게 된다고 배웠다. 그것이 신의 말씀을 전한 위대한 예언자의 가르침이었다. 하지만 부처님을 섬기는 나라에서는 아이들을 다르게 가르쳤다. 마침내 깨달음에 이를 때까지 모든 생명은 윤회를 거듭한다는 것이었다. 자신이 지은 복과 죄의 인과율에 따라 다른 모습으로 다른 세계에 태어난다고 했다.

진실은 어느 쪽일까. 나는 모른다. 내가 아는 것은 난아가 자신이 한때 사막의 꽃이었다는 이야기를 무척 좋아한다는 것이다. 난아는 정말로 사막의 꽃이었을까. 그 또한 알 길이 없다. 다만 난아가 한참 후에, 자신이 전생에 사막의 꽃이었다는 말을 믿느냐고 물어보았을 때, 그렇다고 대답했을 뿐이다. 나는 믿는다고 대답했다. 난아의 기분을 맞춰주려고 거짓을 말한 것은 아니었다. 나도 그런 기분을 느낀 적이 있었다.

당나라의 어느 시골 마을에서였다. 평생 처음 보는 어느 집의 대문 앞에서, 나는 마치 오랫동안 버려둔 옛집을 찾아온 듯한 익숙함을 느꼈다. 문은 닫혀 있었지만, 어쩐지 내게는 그 안이 보이는 것만 같았다. 작지만 말끔하게 가꾼 정원에 두 그루 대추나무가 있고, 안방 벽에는 이름 없는 서예가의 족자가 걸려 있으리라. 여름날 열린 문으로 들어오던 바람 한 줄기까지 생생하게 느껴졌다. 믿음이 깊은 고향의 노인들이 듣는다면 기절초풍할 이야기다.

나는 대문에 손을 대었다. 살짝만 힘주어 밀면 열릴 터였다. 어쩌면 그곳에는 전생의 나를 기억하는 이들이 아직 남아 있을지도 모른다. 왜 이제야 왔느냐며 손을 쓸고 등을 두드리며 어서 들어가자고 말해줄지도 모른다. 나는 언뜻 누군가 다급히 뛰어나오는 소리를 들은 것도 같았다.

나는 그 자리에 오래도록 서 있었다. 빛바랜 나무 대문에 양손을 대고, 늙은 문의 숨소리를 들으려는 듯 서 있다가 마침내 손을 내리고 돌아섰다.

전생이란 게 정말로 있고, 내가 지난 생에 그 집의 주인이었다고 한들 또 무엇을 어찌한단 말인가. 이 생의 내게는 한곳에 머물러 살 운명이 주어지지 않았다. 그 마을을 떠나며 나는 생각의 부스러기를 모두 털어버렸다. 지난 생의 나는 씻을 수 없는 죄를 지은 게 분명했다. 그것이 무엇인지 알고 싶지 않았다.

"나는 죽어서 다시 태어나도, 당신의 아내가 되고 싶어요."

난아는 그렇게 말했다, 자주.

나도 그렇다고 대답해주고 싶었다. 나 또한 죽어서 다시 태어나도 지금 내 곁에서 샘처럼 맑은 눈으로 나를 바라보는 여인을 아내로 맞이할 거라고. 내가 그렇게 말해주기를 기다리는 난아에게, 듣고 싶은 말을 해주고 싶었다.

나는 말했다.

"죽은 뒤의 일을 어찌 알겠어."

◆ ◆ ◆

집 가까이에 왔지만, 불빛은 보이지 않았다.

난아는 내가 늦게 들어가는 날에도 등불을 걸지 않았다. 낮이면 모래폭풍이 휘몰아치고 밤이면 별빛밖에 의지할 것이 없는 데서 길을 찾으며 살아온 선조들 덕분에, 나는 이 나라 사람들보다 눈이 밝았다.

나의 집.

문을 열고 들어서면 난아의 향기가 났다. 이름 때문일까, 난아에게서는 맑고 깨끗한 난초꽃 향기가 났다.

"나한테 향기가 난다고요?"

내가 그렇게 말했을 때, 난아는 놀란 듯 되물었다.

"향기가 나는 사람은 당신이에요. 나는 그 향기가 정말 좋아요."

난아는 내 허리를 끌어안고 일부러 소리를 내어 냄새를 맡았다.

"당신의 몸 내음은 다른 누구와도 같지 않아요. 난 눈을 가리고도 백 사람 중에서 당신을 찾아낼 자신이 있어요."

나의 난아. 그녀는 백 사람 중에서 나를 찾아낼 자신이 있다고 했지만, 나는 백 사람의 백배에 다시 백배를 더한 사람들 중에서도 그녀를 찾아낼 자신이 있었다. 그럴 만하지 않았다면, 처음부터 그녀와 혼인을 하지도 않았을 것이다.

내가 청혼하러 갔을 때, 난아의 부모는 어찌할 줄 몰랐다. 나는 고향의 풍습을 좇아 막대한 지참금을 바쳤다. 황금의 광채는 내 검은 살빛과 높은 코, 유난히 긴 속눈썹을 가려주기에 충분했다.

서라벌에는 이미 몇 해 전에 사 놓은 집이 있었다. 그러나 나는 난아를 위해 새로 집을 지었다. 사막과 바다와 초원과 수많은 도시들을 오가며 벌어들인 재물을 아낌없이 쏟아부었다. 혼인 잔치는 귀족의 연회가 부럽지 않을 만큼 성대하게 치렀다. 시샘 많은 이웃들은 입을 비죽거리며 귀엣말을 했지만, 난아는 신경 쓰지 않았다.

새집이 마음에 드느냐고 묻자, 난아는 함께 지낼 수만 있다면 초막이라도 좋다고 대답했다. 그 말에 한 오라기의 거짓도 없음을 나는 알고 있었다.

◆ ◆ ◆

나는 침실 앞에서 걸음을 멈추었다.

저것은 무엇일까. 어둠 속에 부옇게 빛나는 다리와 다리.

내가 땀 흘려 가꾼 둥지 한 가운데, 가장 아늑한 자리를 아무렇지도 않게 차지한 다리들. 곧게 뻗은 난아의 희고 가는 다리는 이 집에 마땅히 있어야 할 것이 맞지만, 내 아내의 다리 위에 척 하니 걸친 저 털 난 다리는 누구의 것이란 말인가.

나는 침상의 끄트머리에 걸터앉아 난아의 종아리에 가만히 손을 내려놓았다. 내 것이 아닌 털 난 다리를 건드리지 않도록 조심하면서 아내의 다리를 살며시 쓰다듬었다. 어찌 이리도 살결이 고울까. 거칠고 초라한 나의 손 따위가 이토록 아름다운 다리를 만질 때마다 나는 죄를 짓는 게 아닐까.

난아가 눈을 떴다. 그녀는 말없이 자리에서 일어나 초에 불을 붙였다. 불빛에 드러난 사내의 잠든 얼굴을 보니 나보다 어린 것은 물론이요, 난아보다도 나이가 적어 보였다.

철썩. 난아가 그의 벗은 등을 소리 나게 내리쳤다.

"그만 일어나! 여기서 아침을 맞을 셈이야?"

사내는 얼굴을 찡그리며 몸을 일으켰다. 그는 난아의 새파란 얼굴과 침상 옆에 장승처럼 버티고 선 나를 번갈아 보았다. 사내는 처음에는 어리둥절한 표정을 짓더니 갑자기 얼굴이 하얗게 질렸다. 그러고는 금세 벌겋게 달아올랐다. 그 꼴이 어찌나 우습던지, 하마터면 크게 소리 내어 웃음을 터뜨릴 뻔했다.

"주, 죽을죄를 지었습니다!"

그는 벌거벗은 채로 침상에서 구르다시피 뛰어내려 바닥에 머리를 찧었다. 쿵. 쿵. 우스꽝스러운 소리가 났다. 나는 그의 옷을 집어 내밀었다.

"가시오."

"예?"

사내가 멍청한 얼굴로 되물었다.

"의복 말고 더 챙겨야 할 것이 있소?"

그는 옷을 든 나의 손을 보고, 나를 보고, 침상에 앉은 나신의 난아를 보고, 다시 나의 얼굴을 본 후에야 손을 내밀었다. 덜덜 떠는 손이 고운 것을 보니 험한 일을 해본 적이 없는 자였다.

난아는 사내가 옷을 말아 쥐고 집 밖으로 달아날 때까지 한마디도 하지 않았다. 난아의 침묵과 침실에 떠도는 비린내 때문에 숨이 막혔다. 나는 사내가 엎드렸던 바로 그 자리에 서서 겉옷을 벗었다. 얇은 천이 바닥에 떨어지는 소리가 바윗돌이 깨지는 소리처럼 크게 들렸다.

난아가 물었다.

"나를 사랑해요?"

"지금 상황에 어울리지 않는 질문이군."

난아가 다시 물었다.

"그건 대답이 아니잖아요. 나를 사랑해요?"

난아의 얼굴이 일그러져 보였다. 흔들리는 촛불 탓이다.

"날 사랑한 적이 없죠?"

난아. 너는 나의 아내가 된 첫날밤 내게 말했다. 나를 처음 만났던 날, 내가 무척이나 외로워 보였었다고. 너를 아내로 맞이했기에 이제 더는 외롭지 않을 거라고 생각했다. 마침내 내게도 '집'이 생겼으니까.

"대답하지 않아도 괜찮아요. 이미 답을 알고 있으니까."

나는 그녀를 다치게 하고 싶지 않았다. 난아를 상처 입히는 모든 것들로부터 보호하고 싶었다.

"그 남자가 내 몸을 칭찬했어요. 혼인한 여자라고 믿을 수 없을 만치 아름답다고요. 출산을 한 적이 없으니 당연한 일이죠. 그러더니 묻더군요. 혼인한 지 일곱 해나 지났는데 어찌하여 아이가 없는지."

부부가 된 첫해, 난아는 열심히 바느질을 했다. 손바닥만한 배냇저고리와 무늬가 고운 포대기를 만들었다. 난아는 나를 닮은 아들을 원했다. 아이 이야기를 시작하면 끝이 없었다. 상상 속의 그 아이는 출중한 외모에 뛰어난 학식과 고고한 덕성을 갖춘 위대한 인물이었다.

이태째에 난아는 딸이라도 좋다고 말하기 시작했다. 먼저 딸을 낳고 그다음에 아들을 낳으면 된다고. 나는 난아의 말에 귀를 기울이는 척했다. 아니다, 단지 그러는 척했던 것이 아니라 정말로 그 말을 들으려고 노력했다. 하지만 다른 목소리가 더 컸다. 거울 속에서 들려오는 목소리. 낯선 도시에서 한밤에 잠을 깰 때마다, 벽을 흔드는 바람 소리를 흉내 내어 내게 속삭이던 목소리.

삼 년째가 되었을 때였다. 난아는 돌부처의 코를 긁어오겠다고 나섰다. 그 가루를 먹으면 부처님의 영검으로 자식을 얻는다고 했다. 나는 난아의 팔을 잡았다. 당신도 같이 가려느냐고 천진하게 묻는 아내에게 말했다.

"아이를 원하지 않아."

난아는 여전히 웃는 얼굴로 고개를 갸웃했다.

"그게 무슨 말이에요? 그런 농담이 어디 있어요."

나는 원하지 않았다. 그것은 목소리가 밤마다 속삭이는 말, 나의 본심이었다. 나는 자식을 낳고 싶지 않았다. 난아의 얼굴에서 웃음이 사라졌다.

"미안해, 처음부터 말했어야 했는데."

그녀의 맑은 눈에 눈물이 차오르는 것을 보면서 나는 말을 이었다. 내 생각은 변하지 않을 거야.

하지만 우리는, 하고 난아가 말하려 할 때 나는 쐐기를 박았다. 오래전에 어렵게 찾아낸 의원에게 많은 돈을 주고 특별한 시술을 받은 사실을 고백했다. 우리는 사랑을 나눌 수는 있지만, 아이가 생기는 일은 영원히 없을 거야. 그러니 앞으로 다시는 이런 이야기를 하지 않았으면 좋겠군. 내 뜻에 따라주겠어?

"나는 아무 말도 안 했어요. 혼인한 여자의 침실에 따라 들어오는 멍청이에게 '내 낭군은 아이를 원치 않으신대. 그 생각이 변치 않을 테니 앞으로 다시는 이야기도 꺼내지 말라고 하셨어.'라고 말할 수는 없잖아요."

꽃처럼 환한 난아. 그 꽃이 시들어가는 것을 나는 알지 못했다. 아니, 알고도 모른 척했다. 언젠가 네가 낙타처럼 용감한 사람이 되고 싶다고 했을 때, 나는 내가 비루하다고 느꼈다. 나는 달라지지 않았다. 나는 여전히 맞서기보다 달아나는 것을 택하는 겁쟁이다.

"나는 그날 깨달았어요. 당신은 나를 사랑한 적이 없을 뿐만 아니라, 앞으로도 나를 사랑해 줄 희망 따윈 없다는 걸."

그렇지 않다, 난아. 그렇지 않아.

"그러니, 가요. 가고 싶은 곳으로 가세요. 나도 이제 더는 당신과 살고 싶지 않아."

난아의 눈물이 바닥에 툭 떨어졌다.

◆　◆　◆

그날 이후 난아는 넋이 나간 사람처럼 지냈다. 나는 애써 모른 척했다. 귀한 비단으로 새 옷을 지어주고 왕실에나 들어갈 값비싼 장신구를 사주었다. 앞마당의 나무마다 새장을 매달아 온종일 집 안에 지저귀는 새 소리가 넘치게 만들었다. 처가에도 한 아름 선물을 안겼다. 장인은 서역에서 온 푸른빛이 도는 유리잔을 가장 좋아했다. 처가 가족들과 함께 있을 때의 난아는 여전히 명랑했다. 아무것도 달라진 것이 없어 보였다. 그러나 나와 단둘이 남으면 그녀는 혼령처럼 창백한 얼굴로 내내 잠만 잤다. 영원히 이렇게 지낼지도 모른다는 생각에 덜컥 겁이 났다. 차라리 그녀가 통곡을 하며 패악을 부린다면 견디기가 수월할 것 같았다. 그러나 난아는 한마디 말도 하지 않았다.

그런 날이 얼마나 지났을까. 저녁 어스름에 집에 돌아오니 그녀는 말끔히 씻은 얼굴에 곱게 분을 바르고, 새로 지은 비단옷을 입고 있었다. 그러나 달라진 것은 그녀의 표정이나 옷차림이 아니었다. 나는 집 안 여기저기에 보이던 배냇저고리며 포대기, 그런 것들을 만들 셈으로 놓아두었던 옷감이 사라졌다는 것을 알았다. 아내는 심지어 반짇고리까지도 함께 없애버렸다. 곧 진지 준비할게요. 그녀는 아무 일도 없었다는 듯이 내게 웃어 보였다.

난아는 그때부터 정인(情人)을 두기 시작했다.

난초꽃과 같은 아내의 몸에서 다른 사내의 역겨운 체취를 찾아내기란 어렵지 않았다. 본시 수컷이란 그런 재능을 타고나는 법이다. 나는 전보다 일찍 잠자리에 들어, 전보다 오래 그녀를 사랑해주었다. 말끔히 씻은 몸에서도 어렴풋이 비린내가 느껴질 때면 욕지기가 났다. 나는 이를 악물고 참았다. 팔에 더욱 힘을 주어 껴안아보아도 그녀는 사막의 모래처럼 내 안에서 조금씩 빠져나갔다. 봄은 꿈처럼 짧다. 내게도 집이 생겼다고 생각하다니, 그건 나의 착각에 지나지 않았다.

알고 있었다. 아무도 가르쳐주지 않았지만, 나는 처음부터 알았다. 아버지의 집을 떠나 첫발을 내디뎠을 때부터, 세상 어디에도 내가 머물 곳이 없다는 것을 이미 알고 있었다. 그런데도 난아와 혼인을 하고 그녀를 나의 아내로 만들었다. 아름다운 날개를 가진 새를 녹슨 새장에 가두었다.

난아는 정인을 자주 바꿨다. 하루를 함께 보낸 후에 다시는 만나지 않는 자들도 있었다. 그들은 하나같이 젊었고 또 철이 없었다. 나는 난아의 장난이 끝나기를 기다렸다. 난아가 장난을 그만두고 진정으로 그녀에게 어울리는 이를 만날 때까지 기다리겠다고 결심했다.

그렇게 사 년이 지났다. 아직 기다림이 끝나지도 않았는데, 난아는 내게 가라고 했다.

"나, 나는⋯⋯."

변명이 떨리는 혓바닥을 지나 입술을 비집고 나왔다.

"믿을 만한 자에게 너를 맡기고 가려고 했어. 그 녀석은 시원치 않아. 다른 사람을 골라. 준비가 되면⋯⋯."

"나를 죽이고 싶어."

난아의 얼굴에 갈라진 틈이 보였다. 단단한 껍데기를 덧씌워 감춰 놓았던 난아의 진짜 얼굴. 그 얼굴에 강이 되어 말라붙은 눈물 자국이 보였다.

"당신을 사랑하는 내가 죽이고 싶도록 미워. 당신을 원망하지 않아. 당신을 사랑해. 내가 죽이고 싶은 건 나 자신이야."

나의 난아. 나는 도대체 너에게 무슨 짓을 한 거지?

"그러니까 가세요. 이제 가세요. 이제 그만, 제발 좀 가버려요."

난아는 긴 팔에 옷을 꿰었다. 눈물이 옷소매와 가슴에 떨어져 검은 얼룩을 만들었다. 그녀는 맨발로 밖으로 나갔다.

난아의 작은 발이 자신의 눈물로 만든 웅덩이 위에 잔물결을 그렸다.

나는 자신의 눈물을 밟고 걸어가는 소년을 보았다.

낙타 등에 올라앉아 노래를 흥얼거리는 늙은 상인. 그는 즐겁다. 아직 수염도 나지 않은 애송이 하나라니, 이렇게 가벼운 짐을 운반하는 것은 식은 죽 먹기다. 보석이 아니니 누가 훔쳐 갈까 걱정할 필요가 없고, 향신료가 아니니 도중에 썩을까 봐 마음 졸이지 않아도 된다. 좀이 슬까 애가 타는 비단도 아니다. 이문을 많이 남기려고 협상을 할 필요도 없다. 그저 멀리, 멀리 데려다 놓기만 하면 그걸로 끝나는 일. 돌아오면 넉넉한 보상이 기다리고 있을 것이니 이보다 신나는 일이 어디 있을까.

밤이 깊어 늙은 상인은 모래 위에 천막을 친다. 온종일 아무 말도 없던 소년이 그를 돕는다. 아직 손이 부드러운 것을 보고, 늙은 상인은 혀를 찬다. 나는 네 나이에 바다를 두 번이나 건너며 해적 다섯 놈의 목을 베었다고 큰소리를 친다.

소년은 그의 허풍을 믿지 않는다. 그렇게 용감했던 자가 이토록 초라한 모습으로 늙었다면 무척 슬픈 일이라고 생각한다.

"나를 어디로 데려가는 겁니까."

타오르는 모닥불을 바라보다가, 소년이 처음으로 입을 열었다. 늙은 상인은 밤하늘을 가리킨다.

"저 별들이 보이느냐?"

소년은 고개를 들어 하늘을 보았다. 검은 비단 위에 흩뿌려진 보석 같은 별들.

"별은 여행하는 자의 지도다. 땅 위의 돌과 나무는 부서지고 쓰러지지만, 별들은 언제나 제자리를 지키고 있지. 별의 위치를 읽을 줄 아는 자는 절대 길을 잃는 법이 없다."

"나를 어디로 데려가느냐고 묻지 않았습니까."

"이 버릇없는 녀석아, 어른이 말씀하시면 귓구멍을 활짝 열고 들어야지. 지금 당장 어디로 가는 것이 무에 중요하단 말이냐. 별을 읽는 법을 배워. 네 녀석한테 필요한 건 그거란 말이다."

나는 난아의 뒤를 쫓았다. 겉옷을 다시 걸칠 시간이 없었다. 지금 붙잡지 않으면 다시는 기회가 없을 것 같았다. 난아의 등이 보였다. 나는 소리쳤다.

"함께 가자!"

난아가 그 자리에 멈춰 섰다.

"멀고 고달픈 길이야. 요행히 살아서 도착한다고 해도 나를 환영해줄 사람은 아무도 없어."

나는 난아의 등을 향해 계속 말했다.

"아버지는 나를 원치 않으셨다. 아버지에게는 사랑할 아들이 여섯이나 더 있었어. 애초에 나를 떠나보낸 사람이 당신이었어. 아버지가 아직 살아계신다면 나를 반가워하지 않으실 거고, 이미 돌아가셨다면 형들은 그분보다 더 모질게 굴겠지. 일 년에 석 달은 모래폭풍이 분다. 한 번 큰바람이 일면 작은 마을 따위는 흔적도 없이 사라지는 건 흔한 일이야. 낮에는 가마처럼 덥고, 밤에는 섣달 그믐날처럼 추워. 예언자가 정한 엄격한 계율을 지키며 살아야 하고, 하루에 다섯 번씩 성지를 향해 엎드려 기도도 올려야 해."

어떻게 달라졌을까.

입과 입을 건너 전해 들은 소식과 그곳의 진짜 모습은 같지 않을 것이다. 수십 년간 쓰지 않았던 고향의 말. 수십 년간 묻어두었던 그리운 마음. 척추가 부러질 것만 같은 거대한 짐을, 나는 한 번도 내려놓은 적이 없었다. 과연 이것이 옳은 일일까? 같은 짐을, 어쩌면 그보다 훨씬 무거운 짐을 아내에게 지우고 있는 것은 아닐까.

"다시는 고향에 돌아오지 못할 거야. 네가 아는 모든 사람을 두 번 다시 만날 수 없어."

난아가 내게로 돌아섰다.

"그렇지만 난아, 나와 함께 가자."

나를 보는 눈. 푸른 눈빛이 내 가슴을 벤다. 난아는 말없이 고개를 끄덕였다. 딱 한 번. 한 번이면 충분하다.

우리는 그곳에 닿을 수 있을까.

나는 알지 못한다. 그곳은 너무나 멀고, 밤의 어둠 속에는 시체를 먹는 귀신들과 사악한 정령들이 숨어 있다. 끝없이 이어지는 거대한 모래 무덤을 건너야 갈 수 있는 곳. 맨 처음 사막을 건넜던 이들처럼, 별의 자리를 가늠해 길을 찾아야 한다.

여명 속에 난아가 서 있다. 낙타처럼 강인한 나의 아내. 나는 그녀와 함께 고향으로 돌아갈 것이다.

기나긴 축제의 밤이 지나고 아침이 온다.

2

베로니카

"저도 지난 금요일 이후로는 뵌 적이 없어요."

내가 대답하자, 그는 깊은 한숨을 쉬었다.

"이상한 사람이라고 생각하고 있죠?"

그가 고개를 숙인 채 물었다.

"아닙니다."

진심이었다. 그렇게 생각하지 않았다.

"자기 여자 친구의 행방을 여기 와서 묻는 데도요?"

"그럴 만한 사정이 있으시겠죠."

그가 고개를 들었다.

"그래요, 그럴 만한 사정이 분명히 있을 겁니다. 문제는 그

'사정'이란 게 뭔지 제가 전혀 모른다는 거예요."

그는 앞에 놓인 잔을 들어 단숨에 마셨다.

녹지 않은 얼음이 달그락 소리를 냈다. 나는 말없이 빈 잔
에 술을 채웠다. 투명한 얼음이 위스키의 맑은 호박색으로 물
들었다.

"기억이 안 나요."

그가 말했다.

"그날 여기 온 것까지는 기억이 나는데 그다음에 어떻
게 된 건지, 어떻게 여길 나가고, 지수랑은 어디서 헤어졌는
지……."

그의 목소리가 떨렸다. 지수. 그의 여자 친구이자 우리 가
게의 단골손님이다.

♦ ♦ ♦

3년 전 어느 금요일 밤이었다. 내가 처음 여기서 일을 시작
하고 얼마 되지 않아, 역시 근처로 이사 온 지 얼마 되지 않은
지수 씨가 혼자서 왔다. 집에 가는 길에 우연히 이곳을 발견
했다며.

"내 이름도 베로니카거든요."

그녀는 가게 이름 '베로니카'가 인쇄된 냅킨을 들어 보이며 웃었다. 지금은 성당에 다니지 않지만 어려서는 세례도 받았다고, 그때 세례명이 베로니카여서 같은 이름을 가진 우리 바를 지나칠 수 없었다고 했다.

그날 이후로 지수 씨는 일주일에 한두 번씩 때로는 친구들과, 때로는 혼자서 바를 찾았다. 혼자 오는 날이면 내가 그녀의 친구가 되었다. 혼자 오는 손님도 즐거운 시간을 보내게 돕는 것은 바텐더로서 당연히 해야 할 일이었다.

그는 1년쯤 전에 그녀와 함께 나타났다. 그녀는 다정하게 그의 팔짱을 끼고 '남자 친구'라고 소개했다.

잘 어울리는 커플이었다. 다정하고 예의 바른 그와 상냥하고 아름다운 그녀는 서로에게 기대앉아 끊임없이 속삭이고, 쉴 새 없이 웃고, 정신없이 서로를 바라보았다. 잔이 비어 새 음료를 주문해야 할 때만 겨우 시선을 다른 곳으로, 가까이에 서 있는 바텐더인 내게로 돌리는 것이었다.

"전화해보세요."

멍청한 소리인 줄 알면서 나는 그렇게 말했다.

"받지 않아요. 아니……."

그는 고개를 저었다.

"전화번호 자체가 없어졌어요. 없는 번호라고 합니다. 저는, 저는 어떻게 해야 할지⋯⋯."

어떻게 하면 좋을까요?

사람들은 바텐더에게 묻는다. 대부분은 그들 자신이 이미 답을 알고 있는 질문이다. 그러나 아주 드물게 그들도, 나도 도저히 알 길이 없는 답을 가진 질문일 경우도 있다. 나는 사람들의 지친 마음을 달래주는 내 직업을 좋아하지만, 답이 없는 질문을 받는 것은 괴로운 일이었다.

괴롭지만 바를 떠날 수는 없었다.

"정말 그날 아무 일도 없었습니까?"

그가 물었다.

"저희가 함께 나가는 걸 보셨다고 했지요?"

"예."

나는 어정쩡한 표정을 지으며 대답했다. 미소를 지을 수도, 그렇다고 무표정하게 대답할 수도 없으니 정말이지 곤란했다.

"배웅을 해주셨다고 했던가요?"

"가게 밖까지는 못 나갔습니다. 그날은 손님들이 많이 오셔서."

이미 몇 번이고 되풀이한 질문을 다시 던지는 그에게, 나는 충실한 앵무새처럼 또박또박 대답해주었다.

"그러니까, 그날 오후 늦게부터 계속 비가 왔지요."

◆　◆　◆

지난 금요일 밤이었다.

밤 열 시가 조금 지났을까. 나에겐 아직 초저녁이다. 그가 그녀와 함께 이곳, '베로니카'에 들어왔다. 그녀가 먼저 들어오고, 젖은 우산을 접으며 그가 뒤를 따랐다.

"안녕?"

"안녕하세요?"

지수 씨는 활기차게 오른손을 높이 치켜들며 인사를 했고, 그는 가볍게 목례를 했다. 나보다 두 살이 많은 그녀는 내게 편하게 말을 했지만, 그녀보다 두 살 더 많은 그는 여전히 깍듯이 예의를 차렸다.

주말이라 손님이 많았다.

많은 사람 중에서도 두 사람은 유난히 돋보였다. 그들은 사랑에 빠진 사람들만이 가질 수 있는 특별한 분위기에 둘러싸여, 행복하게 서로를 바라보았다. 지수 씨가 주위의 눈치를 슬쩍 살피더니 그에게 입을 맞추었다.

그들이 일어난 시간은 자정이 조금 넘어서였다. 비는 그치지 않았고, 가게 안에는 여전히 많은 손님이 있었다. 한가할 때는 출입문까지 배웅을 나가지만, 바쁜 날에는 바 안에서 작별 인사를 할 수밖에 없었다. 비 오는 밤의 흐린 풍경 속으로 그들의 뒷모습이 멀어졌다.

"지수는요, 정말 좋은 여자예요. 우린 1년을 만났지만, 한 번도 싸운 적이 없었어요."

그가 말했다. 그의 눈은 나를 보는 것도 같고, 어딘가 먼 곳을 보는 것도 같았다.

"솔직히 말하자면 나한테는 과분할 정도로 좋은 여자죠. 그래서 나는 끝까지 지수와 함께할 거라고 생각했어요. 이제 곧 청혼할 생각이었습니다. 다음 주쯤 반지를 사서……."

그의 얼굴에 달뜬 표정이 떠올랐다.

그는 이미 어딘가에서 마음에 둔 반지를 골라 놓은 게 틀림없었다. 아마도 그곳에서 가장 아름답고 가장 빛나는 물건이겠지. 그는 그 반지를 세상의 어느 보석보다도 더 아름답고 더 밝게 빛나는 그녀에게 바치려 했던 것이다. 그녀는 커다란 두 눈에 눈물을 글썽이며 고개를 끄덕일 것이다.

그래, 결혼해.

그러면 그는 그녀를 번쩍 들어 올려 입을 맞추고…….

하지만 그녀는 사라졌다.

흔적도 없이.

"내가 도대체 무슨 짓을 한 거죠?"

아무 짓도.

"그럴 리가 있겠습니까."

내가 대답했다.

"이렇게 사랑하시는데요."

"그게 아니라면 도대체 설명이 안 되잖아요. 그래요, 내가 뭔가 큰 잘못을 했을 겁니다. 그날 술이 좀 과했어요. 맞아, 그랬던 거예요. 그래서 내가 실수를 했던 게 틀림없습니다. 그것 때문에 지수가 떠나버린 거예요. 기억나지도 않는 그 실수 때문에, 그게 도대체 뭔지, 내가, 뭔지는 모르지만 용서받을 수 없는 짓을……. 아, 그게 뭔지만 알아도……."

그는 견디지 못하고 양손으로 자신의 머리를 움켜쥐었다.

기억은 사라졌다. 사랑하는 그녀도 함께 사라졌다. 마지막 기억은 이곳에서 함께 술을 마셨다는 것. 그렇다면 범인은 '술'. 간단명료하면서도 논리적인 추리다.

하지만 그렇게 간단한 일이 아니다.

그가 그녀와 함께 이곳을 찾았던 1년 동안, 나는 한 번도 그의 흐트러진 모습을 본 적이 없었다. 가끔 아주 기분이 좋아 보일 정도로 취한 적은 있었지만, 그 이상은 아니었다. 내가 그와 함께 있는 그녀를 보았던 지난 금요일에도 그들은 즐겁게 술을 마셨고, '즐거운' 데서 멈추었다.

"난 여기서 기다릴 겁니다."

그가 말했다.

"나를 만나기 전에도 지수는 이곳에 자주 왔어요. 그러니까 다시 올 겁니다. 분명히 다시 올 거예요."

그것은 내게 하는 말이 아니라, 그 자신에게 하는 말이었다.

"내가 무슨 잘못을 저질렀는지는 모르지만, 나는 꼭 다시 한 번 지수를 만나야 해요. 그래서 용서를 빌겠습니다. 지수가 용서를 해줄지, 꼴도 보기 싫으니 당장 꺼지라고 할지는 모르지만, 그래도 만나야 해요. 다시 한 번 만나서 말해야 해요. 만나서……."

그의 목소리가 울음에 잠겨 들었다.

"꼭, 다시 만나서……."

고개 숙인 그의 어깨가 떨리기 시작했다.

나는 나도 모르게 손을 뻗었다가 그의 어깨에 닿기 전에 멈추었다. 내가 해줄 수 있는 일은 없었다. 나는 그저 베로니카의 바텐더일 뿐이니까.

말해줄 수 있다면 좋으련만. 말해줄 수 있다면, 기다리지 말라고 말해줄 수만 있다면 얼마나 좋을까.

기다리지 말라고.

그녀는 이제 다시 오지 않을 거라고.

나는 창밖을 보았다.

오늘 밤에도 비가 내리고 있다.

그날 밤처럼.

◆ ◆ ◆

사장 형은 내가 처음 일했던 바에서 함께 일했던 바텐더로, 우직하고 성실한 사람이었다. 그가 열심히 돈을 모은 끝에 드디어 자신의 바를 개업해서 함께 일하자고 했을 때, 나는 망설이지 않았다.

"가게 이름을 왜 '베로니카'라고 지었어요?"

이른 시간이라 손님이 없어서 나는 이미 깨끗한 잔들을 다시 닦았다.

"〈베로니카의 이중생활〉이라는 영화 봤어?"

본 적은 없지만 들어는 봤다. 거기서 따온 모양이군, 하고 나는 어깨를 으쓱했다.

"못 봤어요."

"나도 못 봤다."

뭐야? 내가 어이없이 그를 쳐다보자, 형은 머리를 긁적였다.

"왜? 어감이 좋잖아."

"형답네."

그는 무심하게 열린 문밖으로 시선을 던졌다.

"비가 오고 그러냐. 오늘 손님 별로 없겠다."

그래도 금요일이니 기다려보자고 말하려는 바로 그때, 그녀가 들어왔다.

"안녕하세요?"

그녀는 내가 인사를 건네기도 전에, 먼저 반갑게 인사를 하더니 바에 털썩 앉았다.

"여기 새로 생겼나 봐요?"

"예. 지난주에 시작했습니다."

"가게 이름이 '베로니카'라서 들어왔어요."

그녀가 '베로니카'가 인쇄된 냅킨을 들었다.

"내 이름도 베로니카거든요."

"아, 그러세요?"

"세례명이요. 지금은 아니지만, 어려서는 가족 모두가 성당에 다녔거든요."

그녀는 냅킨을 내려놓으며 활짝 웃었다.

"시원한 맥주 한 병 주시겠어요?"

'활짝'과 '웃었다'.

그걸로는 부족했다. 그 정도로는 그녀의 웃음을 표현하기에 턱없이 모자랐다. 적당히 조명을 줄여 어두운 가게 안이 그녀가 웃는 순간, 빛으로 가득 찼다. 눈부신 빛으로.

그날 이후, 베로니카는 일주일에 한두 번씩 바를 찾아왔다. 친구들과 오기도 했지만, 혼자 오는 날도 많았다. 그녀 곁에는 언제나 친절하고 재치 있는 바텐더가 있으니 혼자라도 얼마든지 즐거운 시간을 보낼 수 있었기 때문이다. 베로니카는 술을 많이 마시지 않았다. 그녀는 술을 '마시는' 사람이 아니라 '즐기는' 사람이었다.

◆ ◆ ◆

1년이 지났다.

베로니카와 나는 '손님과 바텐더'에서 '누나와 동생'으로 발전했다. 물론, 나는 단 한순간도 바텐더로서의 의무와 책임을 잊어본 적이 없다. 그러나 그녀와 나 사이에는 우정이라고 불러도 좋을 무언가가 생겼다. 그녀는 좀 더 개인적인 이야기를 하기 시작했고, 나 또한 친구처럼 그녀에게 내 생각을 말할 수 있었다.

내 모든 생각을 말할 수는 없을지라도.

"넌 정말 좋은 친구야."

베로니카는 내 어깨를 두드리며 말하곤 했다.

"어떨 때는 네가 오빠 같기도 하다니까."

내가 말하지 않는 어떤 생각을 알지 못하는 베로니카는, 순진한 얼굴로 미소를 지었다.

아니, 순진한 건 나였다. 언젠가는 기회가 있을 거라고 생각을 하다니. 세상이 그렇게 쉬운 거라고 생각하다니. 그토록 수많은 사람을 겪으며 인생을 보는 시야가 남보다 넓다고 자만했던 나는 순진하기 짝이 없는 멍청이였다.

나는 그녀가 낯선 남자와 팔짱을 끼고 나타났던 날에야 그것을 깨달았다.

"내 남자 친구야."

그녀가 웃었다.

처음 보았던 그날처럼 눈부시게 빛나는 웃음이었다. 다른 것이 있다면, 이번에는 그 빛의 입자들이 마치 깨진 유리조각처럼 내 눈과 심장을 찔렀다는 것뿐.

그녀처럼 환하게 웃으며 내게 손을 내미는 그에게 나도 손을 내밀었다. 나는 베로니카의 바텐더가 아니라 그녀의 단골 바 '베로니카'의 바텐더였다.

◆ ◆ ◆

그들은 행복했다.

너무나도 명백한 사실이었다. 녹은 사탕처럼 서로를 꼭 껴안은 그들의 모습을 보면 누구라도 저절로 미소를 지을 수밖에 없었다. 나는 그때까지 베로니카가 웃는 모습을 수도 없이 보았다고 생각했지만, 그와 함께 있을 때 그녀가 웃는 모습은 내가 알던 것과는 전혀 달랐다.

나는 그들과 함께 이야기를 나누고, 그들이 웃을 때 함께 웃었다. 나는 그들을 위해 커플을 상징하는 칵테일을 만들었다. 아름다운 색과 달콤한 맛을 가진 그 술을 예쁜 잔에 담아 그들 앞에 놓아주었다.

"고마워."

그녀가 말했다.

칵테일을 만들어줘서 고마워. 알지만 내 귀에는 매번 전혀 다르게 들렸다.

날 사랑해줘서 고마워.

"별말씀을."

나는 남은 말을 억지로 삼켰다.

이렇게 눈부신 당신을 사랑하는 건 당연해요.

그가 베로니카의 손을 잡았다. 베로니카가 자기 손을 잡은 그의 손 위로 다른 한 손을 겹쳤다.

그녀와 마주 잡은 저 손이 내 것일 수도 있었을까.

소용없는 생각을 할 때마다 고통이 낚싯바늘처럼 파고들었다. 어느 한순간, 조금만 더 용기를 냈더라면, 그랬더라면?

말도 안 되는 소리. 그는 나 따위와는 비교도 할 수 없는 사람이었다.

그는 그것을 증명했다.

◆ ◆ ◆

그는 출입문 곁에 서 있다. 비와 안개와 어둠으로 뿌옇게 흐려진 거리에서 눈을 떼지 않는다. 혹시라도 그녀가 지나갈까 봐, 혹시라도 그녀를 놓칠까 봐. 그는 거기에서 자라난 나무처럼 보인다. 아침이 올 때까지 그는 그 자리에서 움직이지 않을 것이다. 마침내 아침 햇살 속에 그의 몸이 녹아 흩어질 때까지.

왜 기억하지 못하는 겁니까.

나는 정말로 알고 싶다.

왜 당신은 기억하지 못하는 겁니까. 그녀는 오지 않아요.

그녀는 여기 없어요.

그녀는 이 세상에 없어요.

♦ ♦ ♦

나는 거짓말을 했다.

나는 그들을 출입문 밖까지 배웅했다. 손님이 많아서 바빴지만, 베로니카를 위한 시간은 언제든지 만들 수 있었다. 그녀와 그는 즐겁게 손을 흔들었다.

즐거운 주말!

베로니카가 세상에서 제일 행복한 사람처럼 웃으면서 말했다.

즐거운 주말 보내세요.

세상에서 제일 운 좋은 남자인 그가 말했다.

그가 우산을 펼치자 작은 빗방울들이 한꺼번에 흩어졌다. 내 손등에 튕긴 몇 방울의 빗물은 소스라치게 차가웠다. 오싹 소름이 돋았다. 나는 나도 모르게 잠시 눈을 감았다.

아주 짧은 순간.

아니, 어느 미치광이가 몰던 자동차가 그들을 칠 만큼 충분히 긴 순간이었다.

♦ ♦ ♦

나는 그들을 병원으로 옮겼다.

구급차가 오기를 기다리는 시간은 영겁의 세월처럼 길었
다. 의사와 간호사들이 그들을 살피는 모습은 끔찍한 슬로비
디오 같았다. 모두가 너무 느리게 움직였다. 그와 그녀의 몸에
서 생명이 빠져나가는 속도만 빼고 모든 것이.

그녀가 먼저 눈을 감았다. 그녀가 숨을 거두자마자, 힘겹게
버티던 그의 심장도 멈추었다. 두 사람 다 의식이 없는 상태
였다. 그러나 나는 그가 그녀를 위해 마지막까지 최선을 다했
다는 것을, 그녀가 떠나자 그녀의 뒤를 따랐다는 것을 알았다.
죽음조차 그들을 갈라놓을 수 없었다.

그들의 사랑 앞에서 내 사랑은 초라하기 짝이 없었다.

나는 결국 나의 베로니카에게 아무것도 전하지 못했다.

내 사랑은 그런 것이었다.

♦ ♦ ♦

불이 모두 꺼진 베로니카의 안쪽 구석에 내 방이 있었다.

어느새 커튼 사이로 푸르스름한 새벽빛이 들어오는 것을

보았다. 가슴이 터질 것 같은데도 눈물은 소금덩이처럼 안으로만 짓누를 뿐, 바깥으로 터져 나오지 않았다. 손바닥을 파고드는 손톱 끝에 핏물이 배어 나왔다. 그래도 전혀 아프지 않았다. 베로니카는 내겐 공기와 같았다. 내 사람은 아니었지만, 그녀가 있어서 나도 살 수 있었다. 이제 그녀가 없으니 나 또한 살아갈 이유가 없었다.

나는 목을 매었다.

죽어서 그녀를 다시 만나겠다는 사치스러운 소망 따위는 없었다. 내 죽음은 자살 같은 게 아니었다. 우기에 생겨난 늪과 호수는 건기가 오면 모두 말라서 사라진다. 물고기들은 우기의 풍요로운 물속에서 자유로이 살지만, 그때가 오면 죽음 외의 선택은 없다.

나의 호수는 모두 말라버렸다.

그래서 나도 죽었다.

나는 이곳을 편안하게 떠날 수 있었을 것이다. 베로니카를 찾아온 그를 다시 보지만 않았더라면.

바 안으로 들어온 그는 주위를 두리번거렸다. 그는 나를 찾고 있었다. 그의 눈에는 새로운 바텐더가 보이지 않았다. 그래서 나는 떠날 수 없었다.

"안녕하세요?"

내가 인사를 건네자, 그가 급하게 물었다.

"혹시 지수 여기 안 왔습니까?"

내가 놀랄 사이도 없이, 그는 두 번째 질문을 던졌다.

"금요일에 저랑 같이 왔었잖아요. 그다음에 지수 본 적 없어요?"

"저도 지난 금요일 이후로는 뵌 적이 없어요."

이게 어떻게 된 일일까.

나는 그가 그날 밤에 무슨 일이 생겼는지 모른다는 걸 깨달았다. 그는 자신이 여전히 산 사람이라고 믿고 있었다. 마지막 인사나 하려고 여기 들른 게 아니었다.

"이상한 사람이라고 생각하고 있죠?"

"아닙니다."

"자기 여자 친구의 행방을 여기 와서 묻는 데도요?"

"그럴 만한 사정이 있으시겠죠."

"그래요, 그럴 만한 사정이 분명히 있을 겁니다. 문제는 그 '사정'이란 게 뭔지 제가 전혀 모른다는 거예요."

나는 떠날 수 없었다.

◆ ◆ ◆

나는 오늘도 베로니카로 출근을 한다.

내가 일하던 곳. 베로니카를 만났던 곳. 내가 사랑하는 그녀가 내가 아닌 연인을 행복하게 바라보았던 바로 그곳으로.

이제 그녀는 거기에 없지만, 바텐더로서의 내 일은 끝나지 않았다. 나를 볼 수 있는 단 한 사람, 그 한 명의 손님을 위해서 나는 유니폼을 갈아입는다. 단추를 목까지 단정하게 채우고 그 위에 나비넥타이를 맨다. 매듭은 조금 단단하게 당긴다. 내 목에 선명하게 남아 있는 붉은 줄의 흔적, 내가 목을 맨 자국을 감추려면 조금 답답하지만 참아야 한다.

오늘 밤에도 그는 당황하며 내게 그녀를 본 적이 있는지 물을 것이고, 나는 수도 없이 되풀이했던 똑같은 대답을 할 것이다.

저도 지난 금요일 이후로는 뵌 적이 없어요. 그 '지난 금요일'이 지난주가 아니라 아주 오래전 일이라는 것을 알지 못하는 그에게.

이 일은 언제까지 계속되는 걸까. 그는 오늘도 비가 내리는 거리를 바라보며 그녀를 기다릴 것이고, 나는 그의 뒷모습을 바라보며 그가 이 모든 일을 깨닫게 될 날을 기다릴 것이다.

그게 언제가 될지는 알 수 없지만, 그때까지는 그와 함께 머무를 생각이다.

그는 나의 베로니카를 진심으로 사랑했다. 죽어서도 잊지 못할 만큼.

그런 그에게 나는 감사한다. 그녀를 행복하게 해주었던 그에게. 잠시 함께 있는 것은 내가 그에게 할 수 있는 유일한 감사의 표시다.

오늘도 비는 그치지 않을 것 같다.

3

거울 속의 여행자

적막한 밤에 문득 눈을 뜨곤 했다.

배가 가라앉는 줄도 모르고 깊은 잠에 빠져 있다가, 바다 밑바닥에 닿은 지 한참이 지나고서야 깨어난 기분이었다. 함께 배를 탔던 이들은 오래전에 모두 죽고 나만 홀로 난파선에 남은 것 같았다.

다시 잠들기 어려운 그런 밤마다 나는 하릴없이 어둠을 응시했다. 그렇게 바라보면 사무치게 그리운 누군가의 얼굴이 떠오르기라도 할 것처럼.

내게 그렇게 그리워할 누군가가 정말로 있기라도 한 듯이.

♦ ♦ ♦

　나는 일주일에 한두 번 퇴근길에 '도리스'에 들렀다.

　도리스는 이 도시에 하나뿐인 게이 바다. 시공사가 부도나서 몇 년째 버려진 아파트 공사장 끄트머리에 자리 잡은 걸로도 모자라, 간판이라곤 네온사인으로 대문자 D 하나만 달랑 붙여 놓았는데 크기가 겨우 어른 손바닥만 했다. 그나마 밝게 빛나기라도 했으면 좋으련만, 언제 봐도 곧 꺼질 듯 위태롭게 깜박거렸다.

　외관이 부족한 건 그렇다 쳐도 내부 인테리어조차 특색이랄 게 없었다. 그리 밝지 않은 조명으로도 이곳이 낡아빠졌다는 걸 알기에는 충분했다. 붉은빛이 도는 원목 소재의 바 카운터는 손때로 반질반질한 단계를 넘어 표면이 고르지 않을 정도였다. 바 카운터와 같은 종류의 원목에다 좌판에는 검은 가죽을 씌운 의자들이 얼핏 보면 같아 보였지만, 자세히 보면 미묘하게 다른 것이 하나씩 망가질 때마다 적당히 비슷한 물건으로 구해왔다는 사실을 뒷받침했다. 그래서 어떤 의자는 그런대로 깨끗한 반면 다른 의자는 좌판의 가죽이 미어져 찢어질 듯 아슬아슬해 보이기도 했다. 자주 잡음이 섞여 나오는 스피커는 술에 취한 김에 시비를 걸고 싶은 이들에게 딱 좋은

먹잇감이었다. 음질이 왜 이따위냐는 질문에는 항상 다음 주에 새 스피커로 교체할 예정이라는 대답이 돌아왔지만, 다음 주는 영원히 오지 않았다. 그런데도 도리스는 망하지 않았다. 망하기는커녕 매일 밤 손님으로 가득 찼다. 그리 크지도 않은 바에 바텐더를 네 명이나 둘 정도였다.

♦ ♦ ♦

도리스에서 일하는 네 명의 바텐더는 모두 알파벳 한 글자로 된 닉네임을 가지고 있었다. 언제나 싱글벙글 웃는 얼굴의 제이(J), 유명 보이그룹의 멤버를 닮은 얼굴에 노래까지 잘 부르는 케이(K), 전직 격투기 선수였다는 소문이 있는 상당한 근육질 몸매의 아이(I). 그리고 내가 가장 좋아하는 에이(A), 푸른빛이 돌 정도로 새하얀 피부와 누구도 감히 다가설 수 없는 서늘함을 가진 남자.

나는 처음 본 순간부터 에이가 마음에 들었다. 그러나 도리스에 드나든 지 오래인데도 친분을 쌓는 건 고사하고 인사조차 나눠보지 못했다. 에이는 그 누구에게도 인사를 하지 않았다. 함께 일하는 동료 바텐더들은 물론이고 사장이며 고용주인 스카페이스에게조차도. 누군가 말을 걸어도 에이는 정해진 동작만 입력된 기계처럼 그저 한 번 흘낏 보는 것 이상의 반응은 보이지 않았다.

"저 건방진 놈 말이야, 사실은 사람이 아니라 로봇이라고 하던데."

도리스에 세 번쩬가 네 번째 왔을 때였다. 옆에 앉은 남자가 내게 말했다. 내가 그렇게 대놓고 그를 쳐다보고 있었던가. 얼굴이 화끈 달아올랐다. 형씨는 그렇게 생각하지 않수? 남자는 맥주 냄새를 풍기며 키득거렸다.

"아니, 사람이라면 말이야, 어떻게 저렇게 표정이 없어? 안 그래요? 잘 보면 숨도 안 쉬는 것 같아."

그런 말을 들어도 이상할 게 없었다. 기묘하게 창백한 피부색이야 타고난 것이라 해도 그 지독한 무표정은 무엇으로 설명할 수 있을까. 에이의 얼굴은 태어나서 한 번도 근육을 움직여본 적이 없는 것처럼 언제나 차갑게 굳어 있었다. 불쾌한 골짜기와 인간의 얼굴 사이에 놓인 가느다란 경계선에서 손가락 한 마디만큼 인간 쪽에 가깝다고 하면 얼추 맞는 설명이 될 터였다. 그에 비하면 '스카페이스'라는 별명에 걸맞게-이 별명은 그의 얼굴에 칼자국으로 추정되는 긴 흉터가 있기 때문이다-조직폭력배 두목처럼 우락부락하게 생긴 사장 쪽이 오히려 인간미가 느껴질 지경이었다.

무엇보다 이상한 건 그의 기분 나쁜 두건이었다. 이마를 온통 덮은 걸로도 모자라 눈까지 가릴 정도로 넓은 검은색 두건은 에이의 트레이드마크와도 같았다. 무엇을 숨기려고 저렇게 답답한 걸 쓰고 있을까. 앞이 보이기나 할까.

어쩌면 그는 정말로 로봇일 수도 있었다.

간판 불이 꺼지고 손님이 모두 나가면 동료들과 함께 가게를 청소한다. 청소와 정리가 끝나면 인간 고용인들은 차례차례 집으로 돌아가고 마지막에 남은 그는 문을 잠근다. 그러고는 두건을 벗어 이마의 터치스크린을 스스로 눌러 그날 업무보고를 클라우드에 업로드한 다음, 바 안 구석자리에 숨겨진 무선 충전패드 위에 올라설지도 모른다.

도리스에 오는 손님이라면 누구나 예외 없이 에이의 두건속을 궁금하게 여겼다. 개중에는 직접 호기심을 해결하려고 시도한 사람도 있었다. 그는 주문을 받는 에이의 등 뒤로 살며시 다가가 재빨리 두건을 벗기려 했다. 에이는 놀라운 속도로 뒤돌아서며 무례한 남자의 손목을 힘껏 후려쳤다. 어찌나 빨랐던지 남자가 손목을 움켜쥐고 비명을 지르는 꼴을 보고서야 무슨 일이 생겼는지 겨우 짐작했을 정도였다. 그 불쌍한 멍청이는 울지 않으려고 안간힘을 썼지만, 눈가로 찔끔 비어져 나온 눈물까지는 막을 길이 없었다. 에이는 언제나처럼 아무 말도 하지 않았지만, 멍청이를 포함한 목격자 전원에게는 에이가 하지 않은 말이 분명하게 들렸다.

한 번만 더 해 봐, 다음번에는 손목이 아니라 모가지를 부러뜨려줄 테니까.

나는 에이가 좋았다.

그에게는 그만의 독특한 리듬이 있었다. 에이는 마치 춤을 추듯 움직였다. 그가 로봇이라면 재료는 티타늄 합금이 아니라 액체 금속일 것이다. 움직이지 않고 가만히 서 있을 때조차 내게는 그의 몸을 감싸는 섬세한 선율이 보였다. 두건 아래 반듯한 콧날로 미끄러져 입꼬리가 살짝 올라간 입과 흠 없이 새하얀 피부를 휘감고 강건한 턱선을 지나 긴 목과 어깨를 따라 가느다란 손가락 끝으로 이어지는.

에이를 볼 때마다 언젠가 다큐멘터리 채널에서 본 거대한 가오리가 떠올랐다. 심해의 푸른 어둠 속에서 자유롭게 유영하는 가오리들. 지상의 어느 새보다도 우아하게 나는 가오리들은 너무나 아름다워 마치 다른 세상에서 온 것 같았다.

물론 에이는 로봇이 아니라 살아 있는 사람이다. 두건을 쓰는 까닭이야 알 수 없지만, 누구와도 대화를 나누지 않는 이유는 그가 말을 하지 못하기 때문이다. 스카페이스가 몹시 취했던 어느 날 밤 흘린 말에 따르면, 태어났을 때는 정상이었는데 중간에 어떤 사고를 겪은 이후로 표정과 말을 함께 잃었다고 했다.

나는 그를 흘끔거리며 그의 과거에 있었음 직한 일들에 대해 수군거리는 무리 속에 절대로 끼지 않았다. 나도 그들만큼이나 에이의 과거가 궁금했지만, 그건 어디까지나 에이의 개인사이고 존중받아 마땅할 사생활이었다. 세상에는 투명하게 닦아 놓은 유리 위에 기어이 손자국을 남기는 인간들이 있다. 나는 바라보는 것으로 만족했다. 그처럼 아름다운 사람을 가까이에서 볼 수 있다는 것만으로도 큰 행운을 얻었다고 생각했다.

사람의 일이란 알 수 없는 법이다.

누구도 듣지 못한 이야기를 들을 기회는 아주 우연히 찾아왔다.

◆ ◆ ◆

비가 내렸다.

하루의 일을 마치고 집으로 돌아가는 길이었다. 일기예보에서는 비가 밤새 올 거라고 했고, 지친 나는 따뜻한 이부자리가 그리웠다. 도리스 앞을 지날 때까지만 해도 그 생각은 변하지 않았다. 그런데 도리스의 네온사인이 좀 이상했다. 크기와 위치는 같았지만, 늘 거기 있던 고물이 아니라 번쩍번쩍 빛나는 새것이었다. 나는 멈춰 서서 간판을 올려다보았다.

"뭐야, 새로 달았어?"

네온사인은 대답하지 않았다. 건방진 놈이었다. 눈을 찌르는 밝은 빛을 내뿜으며 나를 무시했다. 바꿔 달 때가 지났다는 생각은 여러 번 했지만, 막상 새것을 보니 낯설었다. 오랫동안 아껴 쓴 내 물건을 누군가 말도 없이 바꿔 놓은 기분이었다.

나는 충동적으로 도리스의 문을 밀어젖혔다. 바텐더든 다른 손님이든, 아무나 붙잡아서 바뀐 간판에 대해 불만을 터뜨릴 생각이었다. 하필이면 언제나 부드럽게 열리는 도리스의 문이 무엇에 걸린 듯 덜커덕거렸다. 어느 주정뱅이가 문 앞에 드러눕기라도 했나. 나는 짜증스럽게 문을 밀었다. 한 번, 다시 한 번. 있는 힘을 다해 세 번째로 미는 순간, 반대쪽에서 누군가 문을 잡아당기는 바람에 나는 거의 바닥에 구를 뻔했다.

"어라?"

문을 잡고 선 사람은 스카페이스였다. 불그스름한 얼굴을 가로지른 흉터가 오늘따라 유난히 선명하게 보였다. 그가 시꺼먼 송충이 눈썹 아래 딱부리눈으로 나를 보며 물었다.

"어떻게 들어온 거야?"

나는 애매한 미소로 대답을 대신했다. 홧김에 과감히 들어왔건만, 곰 같은 체구에 인상이 사나운 스카페이스를 맞닥뜨리니 입이 떨어지지 않았다.

"거참 이상하네."

머리를 득득 긁는 그를 두고, 나는 늘 앉는 구석자리로 갔다. 스카페이스가 금세 바 안으로 들어와 내 앞에 다시 버티고 섰다.

"자넨 이름이 뭔가?"

"예?"

내가 되묻자 그는 두툼한 손을 휘저었다.

"아냐, 이름 같은 거 알 필요 없지. 피차 이름을 모르잖아. 자네도 날 스카페이스라고 부르겠지?"

"그게, 저, 다들 그렇게 부르던데……."

실수. 사람들이 그를 스카페이스라고 부르는 건 사실이지만, 그를 앞에 두고 할 말은 아니었다. 당사자가 들어서 즐거워할 별명이 아니니까.

"아니, 그러니까 제 말은……."

"아무려면 어때. 나는 스카페이스, 자네는…… 음, 그러니까……."

스카페이스는 미간에 깊은 주름을 잡으며 심각한 표정을 짓더니, 손뼉을 쳤다.

"그렇지, 더벅머리! 그래, 더벅머리라고 해두자고."

내 이름은 졸지에 더벅머리가 되었다. 남에게 우스꽝스러운 이름을 붙여 놓고서, 스카페이스는 자신의 작명이 대단히 만족스러운지 고개를 주억거렸다.

"이봐, 더벅머리. 좋아하는 게 이거 맞지? 온더록스."

그는 내가 늘 마시는 싱글몰트 위스키를 가져와, 대답을 듣지도 않고 잔에 주르륵 부었다. 아마추어인 내가 보기에도 1온스가 훨씬 넘어 보였다. 에이가 따라줄 때는 한 방울도 에누리 없이 딱 1온스였다. 그 누구에게도 인사를 하지 않는 에이는 그 누구에게도 덤을 주지 않았다. 그런데 에이는 어디 있지?

나는 그제야 주위를 둘러보았다. 뭔가 이상하다고 생각했는데, 바 안에 바텐더가 한 명도 없었다. 바텐더만 없는 게 아니라 서버도 없고 손님도 없었다. 아무도 없었다. 도리스 안에 사람이라곤 스카페이스와 나 단둘뿐이었다. 한창 손님이 들 시간에, 아무리 날씨가 우중충하기로서니 있을 수 없는 일이었다.

"뭘 그렇게 두리번거려?"

"아, 저, 그게, 가게가 오늘 좀······."

"한가하다고?"

스카페이스가 킥 웃었다. 흉터가 벌레처럼 꿈틀거렸다.

"아, 저는 그냥······."

"손님이 아무도 없는 건 그렇다 치고, 넷이나 되는 바텐더도 한 놈도 안 보여. 우리 집은 연중무휴에다 늘 북적거리는데, 무슨 이런 일이 다 있지?"

그는 아이를 놀리는 어른처럼 과장된 표정을 지었다. 이상한 영감이었다. 비도 오고 옷도 젖었는데 내가 뭐 하러 여길 들어왔을까. 남이야 네온사인을 바꾸든지 말든지, 주제넘게 뭘 간섭하겠다고. 나는 슬그머니 엉덩이를 들었다. 그러나 스카페이스가 바윗덩이 같은 손으로 나를 눌러 앉혔다.

"근데 말이야."

그가 내 앞에 바짝 얼굴을 들이댔다.

"더벅머리 자네야말로 이상하다는 거 알고 있나?"

"뭐가······ 말입니까?"

"자네가 여기 있다는 거!"

스카페이스가 오른손으로 내 어깨를 두드렸다. 손이 어찌나 큰지 머리까지 통통 울렸다.

"자네가 여기 있다는 게 이상해. 아주 이상한 일이야. 난 아까 자네가 문을 흔들 때 정말이지 깜짝 놀랐어. 도리스가 눈에 보인다는 거잖아. 보이기만 했나, 만지기도 했지!"

"도대체 무슨 말씀이신지……."

"뭐, 아무려면 어때. 지금도 세상 어디에서는 신기하고 이상한 일이 벌어지고 있을 텐데. 사실 오늘 밤에 내가 벌써 그런 일을 한 가지 했지. 도리스를 세상에서 지워버렸거든. 오늘 밤에는 도리스에 아무도 안 와. 손님도 바텐더도. 사실 도리스는 연중무휴가 아니라 연중일휴라고 할 수 있지. 오늘이 바로 그날, 일 년에 딱 하루 도리스가 문을 닫는 날이란 말씀이야. 그런데 자네가 들어오다니, 이거 참 재미있지?"

그는 내 어깨를 놓아주고, 손목시계를 흘끔 보았다.

"어쨌든 들어왔으니 술이나 한잔하라구. 내가 살 테니까. 아직 시간이 좀 있어."

나는 어쩔 수 없이 잔을 들어 한 모금 마셨다.

"그래, 그래, 쭉 마셔. 세상에서 제일 맛있다는 공짜 술 아닌가. 에이가 없어서 아쉽겠지만."

술이 목구멍에 탁 걸렸다.

"얼굴 빨개지는 것 좀 보게. 설마하니 내가 명색이 사장인데, 가게 돌아가는 사정을 모를까. 우리 에이가 팬이 좀 많지. 그런 얼음 같은 자식을 좋아하다니, 취향도 참 독특하셔들.

뭐, 걔가 그렇게 된 데야 사연이 있지……. 하긴, 사연 없는 사람이 어디 있겠나."

스카페이스는 자기 얼굴에 난 흉터를 쓰다듬었다.

"에이에게는 벙어리가 된 사연이 있고, 나한테는 흉터가 생긴 사연이 있지. 자네에게도 사연이 있을 거야. 내가 이런 변두리에서 술집을 열고 일 년에 딱 하루뿐인 오늘 밤을 기다리며 사는 데에도 다 사연이 있듯이."

에이의 사연! 그에게서 말과 표정을 가져간 사고를 말하는 게 틀림없었다. 나는 내 얼굴에 떠올랐을 호기심을 감추려고 고개를 숙였다. 이래서야 그에게 천박한 추파를 던지는 놈들과 다를 게 없다.

"자네는 어떤 노래를 좋아하나?"

스카페이스가 생뚱맞은 질문을 던졌다.

"전 뭐, 여기서 듣는 노래는 다 좋던데요."

"그래도 뭔가 신청곡을 말해봐. 오늘은 특별한 날이니까."

"딱히 좋아하는 노래는 없습니다."

"좋아하는 노래가 없다니, 거참 여러모로 특이한 사람이로군. 뭐, 그럼 내가 좋아하는 노래를 듣자구."

스카페이스가 고른 것은 처음 듣는 아름답고 슬픈 노래였다. 잡음은 전혀 섞이지 않았다. 도리스의 고물 스피커는 일

년에 단 하루, 도리스가 문을 닫는 날에만 멀쩡해지는 모양이었다.

"이 노래 괜찮은가?"

나는 고개를 끄덕였다.

"난 말이야, 젊어서 여행을 아주 많이 다녔다네. 늘 혼자서 다녔지. 좋은 노래들이 없었다면 아마 버티지 못했을 거야. 사람들이 흔히 하는 여행과는 전혀 다른 여행을 했거든. 여행이라기보다는 모험에 가까운, 아니지, 모험이라기보다는 그냥 미친 짓에 가까운 그런 거였어."

나는 얼음이 녹고 있는 술을 다시 한 모금 마셨다. 공짜라곤 하지만 평소보다 더 맛있지는 않았다. 언제나 같은 술을 주문하면서도 이 술이 맛있다고 생각한 적은 한 번도 없었다.

"그래도 나는 운이 좋은 편이었지. 내가 찾던 걸 얻었으니까. 뭐, 정확히 말하자면 내가 예상했던 것과는 달랐지만, 어쨌든 비슷한 결과를 얻었어."

그는 말을 멈추더니 나를 빤히 쳐다보았다. 핏발이 선 흰자위와 새까만 눈동자가 위압적이었다. 추임새를 넣으라는 건가? 나는 망설이다가 대답했다.

"다행이네요."

그제야 그는 부담스러운 시선을 거두고, 내게 준 것과 같은 싱글몰트 위스키를 자기 잔에 따라서 단숨에 들이켰다.

"나는 어떤 이상한 마을에 간 적이 있다네."

"어떤 곳이었는데요?"

그가 또 쳐다보기 전에 얼른 장단을 맞춰주었다.

"거긴 말이야, 외부와 거의 고립된 어느 씨족촌이었어. 거기 사람들은 혈통을 보존하려고 자기네끼리만 결혼을 했다네. 그러려던 건 아니었는데, 하필이면 아주 중요한 날에 거길 갔지 뭔가. 그날로 열여섯 살이 되는 아이들에게서 어떤 특별한 징표가 발현되는 날이라면서, 하룻밤만 묵어가자는 나를 쫓아내더라고."

스카페이스는 커다란 손을 내 눈앞에 휘이휘이 휘저어 보였다. 나는 몸을 살짝 뒤로 젖혔다. 실수로 그 손에 얼굴이 스치는 일은 피하고 싶었다.

"그래서 내가 쫓겨났느냐?"

"쫓겨났나요?"

"흥, 그럴 리가. 그 반대지. 난 거기 들어가서 그 사람들이 징표인지 뭔지를 찾는 의식을 훔쳐보기까지 했어."

스카페이스의 험악한 얼굴에 뿌듯한 표정이 떠오르는가 싶더니 이내 사라졌다. 그의 얼굴은 오히려 갑자기 어두워졌다.

"그러다 평생 잊을 수 없는 걸 봤다네."

"뭘요?"

"그 마을이 거기 사람들 전부와 함께 땅속으로 가라앉는 모습을."

오싹 소름이 돋았다. 농담치고는 지독했다.

"다는 아니야. 생존자가 딱 한 명 있었어. 그날 열여섯 살이 된 애들 중의 한 명이었는데, 내가 걜 데리고 나왔지. 지금도 그때 생각을 하면 자다가도 벌떡 일어날 지경이야. 정말 아슬 아슬하게 살아 나왔거든. 그래도 그 애 덕분에, 나는 세상 사 람들이 모르는 힘을 얻었어. 그 힘으로 도리스를 일 년에 단 하루 다른 세계에 겹쳐 놓는 거야. 아까 내가 도리스를 지워 버렸다고 했지? 아니야, '옮겨 놓는다'라고 해야 맞는 말이지. 하룻밤뿐이지만, 오늘 밤이 내겐 일 년에 딱 한 번 있는 아침 이야. 다른 날은 모두 밤이지, 그것도 아주 깜깜한 밤."

나는 남은 술을 목구멍에 털어 넣었다. 공짜 술 한 잔 값어 치는 충분히 했다. 아니라면 술값을 내고서라도 불편한 자리 를 벗어나고 싶었다.

"죄송한데, 저는 이만 가보겠습니다. 내일 일찍 출근을 해 야 해서."

"그래? 그럼 가봐."

스카페이스는 나를 잡지 않았다. 나는 꾸벅 고개를 숙이고 재빨리 문으로 걸어갔다. 혹시라도 그가 마음을 바꿔 "그냥 이리 와. 밤새 같이 술이나 마시자구." 같은 말을 할까봐 겁이 났다. 그러나 그는 아무 말도 하지 않았다. 내가 출입문을 열고 한 발을 밖으로 내디딜 때까지도 기척이 없었다. 잘 가라는 인사조차 하지 않았다. 나는 슬쩍 뒤를 돌아보았다.

스카페이스는 바 안에 선 채, 고개를 숙여 자신의 술잔을 내려다보고 있었다. 문득 그가 초로에 접어든 거구의 사내가 아니라 좁은 어깨를 가진 작은 소년처럼 느껴졌다. 그가 뭐라고 했더라? 단 하룻밤뿐이지만, 오늘 밤이 그에겐 일 년에 딱 한 번 있는 아침이라고 했던가? 다른 날은 모두 밤, 그것도 아주 깜깜한 밤이라고.

내가 상관할 일이 아니었다. 나는 몸을 돌려 다른 한 발을 마저 디뎠다. 차가운 바람이 귓불을 스치고 지나갔다. 밤바람이란 게 원래 차갑지만, 그건 무언가 전혀 다른 차가운 느낌이었다. 그러나 나는 뒤돌아보지 않았다. 그대로 도리스를 나와 여전히 내리는 비를 맞으며 집으로 갔다. 급하게 나오느라 우산을 도리스에 놓고 왔지만, 찾으러 갈 생각은 없었다.

무척 피곤했다. 간신히 젖은 옷을 벗고는 씻지도 않고 쓰러져 잠이 들었다.

잠들자마자 꿈을 꾸었다. 길고 이상한 꿈이었다.

♦ ♦ ♦

나는 여행자였다.

긴 여행에 낡아버린 배낭을 메고, 어둡고 서늘한 숲속을 걷고 있었다. 오랜 세월 동안 켜켜이 쌓인 낙엽이 기이한 냄새를 풍기는 숲은 가도 가도 끝이 보이지 않았다. 너무 지친 나머지 거짓말처럼 숲이 사라지고 마을이 나타났을 때는 눈앞에 보이는 것이 진짜인지 신기루인지 헷갈렸다.

다행히 그것은 환상이 아니었다. 거기엔 정말로 마을이 있었다. 높은 바위산과 내가 방금 빠져나온 침엽수림에 둘러싸여 천연의 요새와 같은 곳이었다. 반듯한 돌담으로 구획 지은 집들이 규칙적으로 늘어선 모양 때문에도 더욱 그랬다.

해가 지기 전에 마을을 발견했으니 그래도 운이 좋다고 생각했다. 나는 마을 어귀에 서 있는 젊은 남자들을 발견하고 서둘러 다가갔다. 친절한 사람들이기를 바랐지만, 그들은 험상궂은 표정을 지으며 앞을 가로막았다. 인사를 건넬 틈도 주지 않았다.

"못 들어갑니다."

가까이서 보니 모두 칼을 한 자루씩 찼다. 서슬이 시퍼런 게 여차하면 뽑아 들 태세였다. 그러나 여기서 물러서면 축축한 숲에서 밤을 보내야 한다.

"혼자 여행 중입니다. 잠자리가 필요해요. 오늘 밤만 머물다가 내일 아침 일찍 떠나면 안 되겠습니까?"

나의 간청에도 그들의 태도는 완강했다.

"저희도 평소에는 여행자를 환대합니다. 그러나 오늘은 안 됩니다. 오늘은 신성한 날이라 외부인을 들일 수 없습니다. 돌아가십시오."

"어디로 가란 말씀이세요?"

"그것은 여행자의 사정입니다. 험한 일을 당하기 싫으면 돌아가시오."

"무슨 소란들이냐, 오늘 같은 날에."

노인 두 명이 길 저편에서 모습을 드러냈다. 한 노인은 남자 무리와 같은 흰 옷을 입었고, 다른 노인은 짙은 푸른색 옷을 입고 있었다. 젊은이들 모두가 노인을 향해 허리를 굽혔다.

"어르신."

사자같이 사납던 자들이 새끼고양이처럼 얌전해졌다.

"뉘시오?"

푸른 옷 노인이 내게 물었다. 나는 얼른 고개를 숙였다.

"여행자입니다, 어르신. 갈 곳이 없으니 오늘 하룻밤
만……."

"안 된다고 하지 않았습니까!"

아까 그 남자가 다시 한 번 윽박질렀다.

"어허, 목소리가 크구나."

푸른 옷 노인이 타이르듯 말하자, 남자는 단번에 기세가 꺾
였다. 흰 옷 노인이 그를 편들었다.

"어르신, 이 아이가 옳습니다. 오늘은 특별한 날이 아닙니
까."

으흠.

푸른 옷의 노인이 길게 드리운 하얀 수염을 쓰다듬었다.

"이런 날일수록 친절을 베풀어야 하는 법이지. 여행자는 이
곳에서 쉬어 가시오."

"수장 어르신!"

흰 옷 노인과 젊은이 무리가 함께 반발했지만, 푸른 옷을
입은 노인의 손짓 한 번에 모두 입을 다물었다. 그가 젊은이
중 한 명에게 말했다.

"손님을 쉬실 곳으로 안내해드려라."

"예."

대답한 사람은 젊은이 중에서도 가장 어리고 약해 보였다.

어찌 보면 아직 소년에 가까운 얼굴이었다. 그가 내게 따라오라는 눈짓을 했다. 뒤통수에 따가운 시선이 느껴졌지만, 나는 애써 모른 척했다.

소년을 닮은 남자는 거의 소리를 내지 않고 걸었다. 긴 머리를 한데 묶어 말꼬리처럼 드리웠는데, 걸을 때마다 살랑살랑 움직였다.

"저기, 실례인지 모르겠습니다만, 오늘이 어떤 날이기에 저렇게……. 그러니까, 준비를 하시는지……."

대답을 못 들어도 어쩔 수 없다고 생각했지만, 뜻밖에 그는 뒤를 돌아보며 싱긋 웃었다. 해맑게 웃는 표정이 더욱 앳돼 보였다.

"백 년에 한 번 있는 우리 마을의 축젯날이지요!"

축제요? 내가 되묻자, 그는 얼른 주위를 살폈다. 아무도 없는 것을 확인하더니, 내 곁에 가까이 붙어 섰다.

"여행자께서는 넓은 세계를 많이 다니며 신기한 풍물을 보고 기이한 소문도 많이 들으셨겠지요? 어쩌면 우리 마을에 관한 이야기도 한 번쯤 들어보셨을지 모르겠네요. 저도 한때 바깥세상으로 여행을 떠나려고 생각한 적이 있었답니다. 오늘이 의식을 치르는 날만 아니었더라면 벌써 그랬을 거예요. 하지만 이런 날을 놓칠 수는 없지요. 만약 오늘 '바다의 눈'이 나타난다면 아, 생각만 해도 심장이 터질 것 같네요!"

"'바다의 눈'이 뭔지 여쭤봐도 되나요?"

"우리 마을 사람들은 모두 같은 성씨를 가진 혈족이에요. 혈통을 보존하는 것은 마을 어르신들의 가장 큰 관심사이자 마을 사람 모두의 신성한 의무지요. 우리가 혈족 간의 결합으로 후손을 생산하는 것이 옳지 않아 보일지도 모르겠네요. 바깥세상에선 그리하지 않으니까요. 하지만 우리에겐 이유가 있습니다. 혈족이 타고난 신성한 피를 지키기 위해 그렇게 하는 거예요. 다른 피가 섞이면 우리만이 허락받은 축복을 더는 누리지 못하게 된다고 했어요."

"허락받은 축복? 너무 어려운 말이네요."

내가 신발을 벗고 발을 좀 살펴봐야겠다는 생각을 하며 건성으로 대답하는데, 그가 갑자기 엉뚱한 질문을 던졌다.

"사람에게는 눈이 몇 개 있나요?"

"눈이라면 누구나 두 개씩 갖고 있지 않습니까."

"그래요. 평범한 인간이라면 누구나 두 개밖에 가질 수 없지요. 하지만 공들여 혈통을 보존한 덕분에 우리에겐 백 년에 한 번씩, 세 번째 눈을 가진 아이가 태어납니다. 이마 가운데에 고귀한 진주처럼 새까만 눈을 가진 아이이지요. 그 눈으로 볼 수 없는 것은 없어요. 하늘 끝에서 땅과 바다 밑바닥까지, 과거의 먼 날에서 오지 않은 미래까지 모두 다 보는 겁니다. 우리는 신성한 그분을 수장으로 모시고 모든 일을 그분이 이르시는 대로 처리하게 될 거예요. 대대로 그래 왔던 것처럼, 앞으로도 영원히 전쟁과 천재지변을 피해 후손을 보존하겠지요!"

"백 년에 한 번씩이란 말인가요? 대단하네요!"

나는 놀란 표정을 지었으나 그것은 단지 하룻밤 잠자리를 베풀어준 이들에 대한 예의였다.

이마에 달린 세 번째 눈이라니, 이렇게 외진 곳에서 문명에 뒤처진 자들이나 믿는 일이겠지.

"그럼요! 대단한 일이고말고요! 오늘 밤이 바로, 십육 년 전 예비의 날에 잉태되어 태어난 아이들이 열여섯 살이 되는 날이에요. 수장 어르신이 그들 중에서 세 번째 눈을 가진 분을 찾아내실 거예요. 그리고 어쩌면 오늘, '바다의 눈'이 나타날지도 몰라요. 진주처럼 새까만 눈이 아니라 바다처럼 새파란 눈! 어르신들이 예지몽을 꾸셨대요. 전설에 따르면, '바다의 눈'은 모든 특별한 것 중에서 가장 특별해서 그가 가진 힘은 이루 헤아릴 수 없다고 해요. 그러니 정말로 '바다의 눈'이 나타난다면, 선대와는 비교도 안 될 번영을 가져다주지 않겠어요?"

"그렇겠네요."

달리 무슨 말을 할 수 있겠는가. 그러나 그는 내 대답이 상당히 마음에 든 모양인지 한껏 상기된 표정으로 되물었다. 그렇겠죠? 그는 다시 한 번 주위를 둘러보더니, 목소리를 살짝 낮추었다.

"보고 싶지 않으세요?"

"예? 뭘요?"

"'바다의 눈'이요!"

"예?"

"이 길을 따라가면 마을 중심에 제단이 있어요. 의식은 거기서 열려요."

"제가요? 제가 가도 괜찮을까요?"

"예. 조심만 하신다면요. 근처에 담이 높으니 몸을 숨길 수 있을 거예요."

그와 나는 내가 머물 장소에 도착했다. 마을의 다른 집들보다는 확연히 작았는데 창고로 쓰는 곳이려니 짐작이 갔다. 창고라고는 해도 아무 물건도 없이 텅 빈 데다 마룻바닥이 말끔해서 하룻밤 묵어가기로는 나쁘지 않았다.

"너무 일찍 나오지 마시고요, 너무 늦게 나와도 안 됩니다."

"언제 가야 하나요?"

"때가 되면 아실 거예요."

"어떻게요?"

"모를 수가 없어요."

수수께끼 놀이라도 하자는 건지, 그는 그저 미소만 지어 보였다. 더는 아무 말도 하지 않고, 삶은 감자 한 바구니와 물 한 병을 내게 주고는 나가버렸다. 캐물어 본들 소용이 없을 것 같아 나도 입을 다물었다. 어차피 그런 이야기는 믿지도 않았으니 가볼 일도 없었다.

나는 신발을 벗어 발 상태부터 확인했다. 예상했던 대로 물집이 잡혀 있었다. 크게 걱정할 정도는 아니었다. 나는 감자 바구니와 물을 구석으로 밀어두고 배낭에서 수첩과 지도를 꺼냈다. 마을 이름은 지도에 나와 있지 않았지만, 대략적인 위치를 찾기란 어렵지 않았다. 그제야 마을 이름을 물어보지 않았다는 생각이 났다. 나는 마을이 있음 직한 자리에 점을 찍고, '백 년 의식'이라고 일단 써 놓았다.

지도에는 이전에 내가 표시한 수많은 장소가 어지러이 흩어져 있었다. 수년간 애타게 무언가를 찾아온 흔적이자 아직도 찾지 못했다는 증거였다. 지도는 오래 품고 다닌 탓에 귀퉁이가 나달나달 닳았다. 그 모양을 보니 새삼 갈증이 나서 물병을 집어 꿀꺽꿀꺽 마셨다. 그러고는 마룻바닥에 벌렁 드러누웠다.

얼마나 지났을까.

문득 지나치게 조용하다는 생각이 들었다. 동물 소리도, 벌레소리도, 사람 소리도 들리지 않았다. 나는 그제야 창고 안이 전혀 어두워지지 않았다는 사실을 깨달았다. 한참 전에 밤이 되었을 텐데도 해 질 무렵에 들어왔을 때와 크게 다르지 않았다.

아니, 달랐다.

기이한 빛이었다. 햇빛도 아니고, 등불도 아니었다. 나는 일어나 앉아 내 손을 눈높이로 들어 올렸다. 주위를 가득 메운 환한 빛은 빛의 입자로 이루어진 안개 같았다. 손을 가볍게 휘저어보니 무언가 일렁이는 느낌이 분명히 났다. 액체라기에는 너무 가볍고, 기체라기에는 너무 무거웠다. 사방이 고요했다. 마치 버려진 마을처럼 어떤 인기척도 느껴지지 않았다. 모두 신성한 의식을 위해 한곳에 모였으리라. 때가 되면 알 것이고 모를 수가 없다는 말이 지금을 의미했던 것일까. 세 번째 눈이니 바다의 눈이니 내가 흘려들었던 그 이야기들이 허황된 전설 따위가 아닐지도 모른다는 생각이 퍼뜩 스쳤다. 나는 바닥에 흩어 놓았던 지도와 수첩, 필기구를 급하게 배낭에 쑤셔 넣고, 창고를 빠져나왔다.

일러준 길을 따라가는 동안 아무도 만나지 않았다. 나는 제단에서 가장 가까운 돌담까지 살금살금 기어가서 몸을 숨겼다.

흰 옷을 차려입은 마을 사람들이 광장 바닥에 줄지어 앉아, 청동 향로가 놓인 제단과 그 앞에 선 두 노인을 보고 있었다. 아까 내가 만났던 흰 옷의 노인과 푸른 옷의 노인이었다. 네모반듯한 돌을 쌓아 만든 제단은 그 자체로는 대단할 것이 없었다. 그러나 두 노인의 기세는 충분한 거리를 두고 훔쳐보는 나조차 압도할 정도였다.

"나오시오."

흰 옷 노인이 말했다. 맨 앞줄에서 열두어 명가량이 일어났다. 체구가 작은 것으로 보아, 청년이 말한 아이들이 분명했다. 십육 년 전 예비의 날에 잉태되어 오늘로 열여섯 살이 되는 소년들.

"오늘 밤, 우리는 그분을 만나게 될 것이오. 경건한 마음으로 그분을 맞이할 준비를 하시오!"

흰 옷 노인의 목소리는 노인의 것이라고 믿기 어려울 만큼 크고 우렁찼다. 그 소리를 신호로, 노인을 향해 섰던 소년들이 이쪽으로 뒤돌아섰다. 액체도 기체도 아닌 이상한 빛이 온 마을에 가득한 덕에 머리를 말끔히 뒤로 넘겨 이마를 드러낸 소년들의 모습이 잘 보였다. 별난 데가 없는 아이들이었다. 이마 한가운데를 가로지른 붉은 선만 아니라면. 의식을 위한 일종의 화장일까. 어쩐지 그들이 날 때부터 그랬으리라는 생각이 들었다.

소년들은 모두 하얀 대접을 하나씩 들고 있었다. 흰 옷 노인이 손짓을 하자 소년들은 일제히 그것을 들어 마셨다. 빈 그릇은 칼을 들고 서 있던 젊은 남자들이 거두어갔다. 그동안 흰 옷 노인이 제단의 향로에 불을 피웠다. 향로에서 보일 듯 말 듯 푸르스름한 연기가 피어오르자 청묘한 향내가 사방으로 번졌다. 악취라고도 향기라고도 부르기 어려운 이상한 냄새였다. 소년들이 하나둘 눈을 감았다. 선 채로 깊은 잠에 든 것처럼 보였다. 나도 어느새 눈꺼풀이 무거워졌다. 나는 반쯤 감긴 눈으로 푸른 옷의 노인이 아이들에게 다가가는 것을, 그가 넓은 소맷자락 속에서 무언가 반짝이는 물건을 꺼내는 모습을 지켜보았다.

칼이었다.

수장 어르신이 그들 중에서 세 번째 눈을 가진 분을 찾아내실 거예요.

설마, 그게 칼을 쓴다는 말은 아니었겠지. 내 눈은 빨려 들 듯 노인에게 고정되었다. 그는 망설이지 않았다. 손에 든 무서운 것을 무방비 상태인 소년의 이마로 들어 올리더니, 붉은 선을 따라 깊이 그었다. 상처가 입을 벌리고 소년의 얼굴 위로 새로운 붉은 선을 만들었다. 그런데도 소년은 움직이지 않았다. 노인은 첫 번째 아이의 피가 묻은 칼을 들고 두 번째 아이에게 다가갔다. 그는 같은 일을 반복했다. 세 번째, 네 번째, 다섯 번째에 이르렀을 때 첫 번째 아이가 쿵 소리를 내며 쓰러졌다. 쓰러진 아이는 울컥 피를 토했다. 그러나 달려 나와 아이를 살피는 사람은 아무도 없었다. 마을 사람 전부가 바위인 양 꿈쩍도 하지 않았다. 쓰러진 소년의 피가 바닥 위에 번져 흐르는 데도, 움직이는 사람은 칼을 든 노인뿐이었다. 숨소리조차 들리지 않았다. 소름 끼치는 정적 속으로 쿵, 다시 쿵, 소년들이 쓰러지는 소리와 쓰러진 소년들이 피를 게워 내는 소리만 불규칙하게 울렸다. 분명히 무척 고통스러울 텐데도, 아이들이 몸을 거의 움직이지 않고 입 밖으로 피를 흘리고만 있는 모습이 기괴하기 짝이 없었다.

한 아이가 남았다.

그의 상처에서 흐른 피는 친구들과는 달리 아주 적었다. 마을 사람들이 술렁거리기 시작했다.

의식이 이런 것일 줄은 몰랐다. 이들은 자기 아이들의 이마를 망설임 없이 찢고, 피를 흘리며 쓰러져도 내버려 두는 사람들이었다. 아니, 애초에 죽이기로 정해 놓고 시작한 게 틀림없었다. 아이들이 마신 흰 대접의 액체는 독약일 터였다. 온몸이 덜덜 떨렸다. 점점 퍼지는 피 냄새에 구역질이 났다. 나는 입을 틀어막은 채 뒷걸음질을 치다가, 혼자 남은 소년이 눈을 뜨는 것을 보았다. 그의 이마에 깊이 베인 상처도 함께 눈을 떴다. 찢어진 피부 속에 든 것은 인간의 안구와 똑같았다. 나는 너무 놀라 그대로 주저앉았다. 깨끗한 흰자위와 깊은 바다처럼 짙푸른 동공을 가진 눈이, 믿을 수 없지만 거기 있었다.

"나타나셨다! 나타나셨다!"

푸른 옷의 노인이 감격에 겨워 두 팔을 높이 들었다. 마을 사람들 모두가 격정적으로 함께 외쳤다. 나타나셨다! 나타나셨다! 흰 옷의 노인은 허둥지둥 다가가 깨끗한 수건으로 소년의 이마에 흐른 피를 닦아주었다. 소년은 어리둥절한 표정이었다. 잠이 덜 깬 듯 멍한 얼굴로 주위를 둘러보았다. 자신을 향한 환호가 미처 들리지 않는 것 같았다. 그러다 그의 시선이 흥건히 핏물이 고인 바닥과 거기에 아무렇게나 겹쳐 쓰러진 다른 소년들에게 닿았다.

"아……."

소년의 작은 입이 벌어지며 뜻 모를 소리가 흘러나왔다. 이마에 푸른 눈을 지닌 소년은 쓰러진 친구들에게 다가갔다. 그는 가장 가까이에 있던 한 소년을 만지려고 손을 뻗었지만, 푸른 옷의 노인이 그의 손목을 잡았다.

"이제 당신은 우리의 수장이 되셨습니다. 계시를 내려주십시오."

"무슨…… 말씀이세요?"

"계시를 내려주십시오."

노인이 다시 말했다. 소년은 그제야 깨달았다는 듯, 자기 이마로 손을 가져갔다.

"내 이마에…… 그것이……."

"그렇습니다. 바로 당신이십니다."

"하지만, 다른 아이들은……."

소년은 이제 잠에서 완전히 깨어나, 눈앞의 악몽이 꿈이 아니라는 것을 알게 되었다.

"잊으십시오. 이제 저희를 이끌 일만 생각하세요."

노인의 말투는 정중하지만 단호했다. 소년의 눈에서 눈물이 흘러내렸다.

"도와주세요. 도와주세요, 어르신."

"방법이 없습니다. 늦었습니다."

"그게 무슨 말씀이세요?"

노인은 대답하지 않았다.

"그게 무슨 말씀이시냐고요?"

소년이 다그쳐 묻자, 노인이 짧게 대답했다.

"이미 죽었습니다."

"죽었다고요?"

소년의 입술이 파르르 떨렸다.

"필요한 희생이었습니다. 잊으십시오."

"내 친구들인데……."

"잊으십시오. 사소한 일입니다."

"사소한…… 어떻게?"

"이것은 사소한 일입니다. 당신은 우리의 미래입니다."

"죽다니, 죽어버리다니……. 죽을 거라고는 아무도 말해주지 않았는데, 어른들이 우리를 속였어."

"이들은 혈족의 미래를 위해 희생됐습니다. 모두에게 복되고 자랑스러운 일입니다. 마음에 두지 마십시오."

"어르신, 왜 이러시는 거예요? 저 애는 어르신의 손자잖아요."

소년은 쓰러진 아이 중 한 명을 가리켰다. 그것은 소년이할 수 있는 마지막 항변이었다. 그러나 노인은 흔들리지 않았다.

"'바다의 눈'을 가진 분이시여. 우리를 이끌어주십시오."

마을 사람들 모두가 입을 모아 외쳤다. '바다의 눈'을 가진 분이시여. 우리를 이끌어주십시오.

소년은 울었다. 소년의 두 눈에서는 맑은 눈물이, 이마 가운데의 푸른 눈에서는 상처의 피가 섞인 붉은 눈물이 쉴 새 없이 흘러내렸다. 소년은 엉엉 소리를 내며 울었다.

"눈물을 거두십시오. 당신은 이제 우리의 수장이십니다."

소년은 푸른 옷의 노인을 노려보았다. 소년은 핏발 선 눈으로 환희에 찬 마을 사람들 모두를 노려보았다.

"좋아요, 보세요. 당신들이 경배하는 이 푸른 눈을, 똑똑히 보세요."

소년은 앞으로 나섰다. 모두가 숨을 죽였다. 이제, 모든 특별한 것 중에서 가장 특별해 이루 헤아릴 수 없는 힘을 가진 '바다의 눈'이 전설 속에서 살아 나와 위대한 계시를 내려줄 것이다.

"다들 잘 보세요. 원하는 것을 줄 테니까."

소년은 오른손을 사람들 앞에 들어 올렸다. 그 여린 손으로, 소년은 자신의 이마에 방금 생겨난 푸른 눈을 있는 힘껏 후벼 팠다.

"아악!"

비명을 지른 것은 소년이 아니라 노인과 마을 사람들이었다. 소년은 파낸 눈알을 바닥에 내던졌다. 눈을 뽑아낸 자리에서 피가 솟구쳐 소년의 얼굴을 뒤덮었다.

맑았던 밤하늘에 검은 구름이 소용돌이치고, 지진이라도 일어난 것처럼 땅이 뒤틀렸다. 제단이 허무하게 무너지고 청동 향로가 바닥에 나뒹굴었다. 땅이 갈라진 자리마다 용암처럼 붉은 피가 솟구쳐 올랐다.

◆ ◆ ◆

꿈은 거기서 끝났다.

깨어나는 순간 바로 알 수 있었다. 이 꿈은 스카페이스가 내게 해준 이야기였다. 꿈이 계속 이어졌더라면, 푸른 눈의 소년이 숨어 있던 여행자와 함께 무너지는 마을에서 탈출하는 모습도 볼 수 있었으리라. 그날 이후 말과 표정을 잃고, 이마의 상처를 감추려고 검은 두건을 깊이 눌러 쓰는 모습도.

나는 다시 잠들지 못했다. 꿈은 너무 생생했다. 내 방 침대에 누워 있는데도 공기 중에 피 냄새가 떠돌고 침대가 우르르 흔들리는 기분이었다. 가쁜 호흡이 가라앉기를 기다리며, 나는 소년이었던 에이의 얼굴을 떠올려보려 애썼다. 에이의 아름다운 눈과 고통으로 일그러진 얼굴을 기억해내고 싶었다.

나는 피와 눈물로 얼룩진 그 얼굴의 목격자였다. 하지만 어찌된 일일까. 꿈의 모든 부분을 다 복기해낸 뒤에도 오직 한 사람 에이의 얼굴만은 일부러 오려낸 듯 뿌옇고 희미하게 남아 찾을 수 없었다.

◆ ◆ ◆

이상한 꿈을 꾼 그날 밤으로부터 두 달이 지났다.

나는 다시 도리스를 찾았다. 들어가기 전에 간판부터 확인했다. 비 오던 그날 밤에 분명히 지나치게 말끔한 새것이었던 네온사인은 거기에 없었다. 낡고 찌그러져 꺼졌다 켜지기를 반복하는 원래의 네온사인이 그 자리를 떠난 적 없다는 듯 태연하게 매달려 있었다. 나는 눈을 한 번 비볐다.

"네놈은 정체가 뭐냐?"

대답이 없기는 새것이나 헌것이나 마찬가지였다.

문을 열고 들어간 도리스는 이전의 도리스였다. 여전히 담배연기와 술 취한 사람들과 장르를 가리지 않는 음악으로 북적거리는, 내가 아는 도리스. 케이와 제이와 아이와 에이가 있었고, 검은 두건을 쓴 에이의 무표정한 얼굴도 전과 다르지 않았다. 테이블 한 개를 차지하고 앉아 서너 명의 손님들과 함께 술을 마시는 스카페이스도 보였다. 우연히 시선이 마주쳤지만, 그는 무심히 고개를 돌렸다. 누구나 낯선 사람을 볼 때 흔히 그러하듯이.

나는 바로 가서 앉았다. 내가 늘 앉는 자리는 이미 다른 손님이 있어서 비어 있는 자리에 앉아야만 했다. 제이가 내게 인사를 하고는 팔꿈치로 에이를 툭 건드렸다. 에이는 내가 마시는 술을 바로 가져와 병을 들어 보였다. 내가 고개를 끄덕이자, 언제나처럼 덤이라곤 전혀 없는 딱 1온스를 얼음이 담긴 잔에 부어주었다. 한 방울도 흘리지 않는 기계 같은 동작도 변함없었다. 두 사람이 나를 기억해준 것도 고맙고, 모든 것이 그대로 제자리에 있는 것도 고마웠다. 동시에 실망스럽기도 했다.

이제 어떻게 하지? 잔에 담긴 호박색 액체를 바라보며 생각했다. 이제 어떻게 하면 좋을까? 하던 대로 조용히 술이나 마시고, 남몰래 에이의 뒷모습을 눈으로 좇다가, 또 그렇게 말없이 집으로 돌아갈 수는 없었다. 하지만 어떻게? 나는 잔을 들어 단숨에 비웠다. 평소라면 얼음이 녹기를 기다렸을 테지만, 오늘은 독한 술이 머릿속에 뒤엉킨 생각을 녹여주길 바랐다.

내가 빈 잔을 내려놓았을 때, 내 곁을 지나가던 서버가 미끄러졌다. 운동신경이 뛰어나지도 않은 내가 어떻게 반사적으로 몸을 돌려 그를 붙잡을 수 있었는지는 모르겠다. 나는 팔을 뻗어 넘어지는 그를 붙들었다. 몸이 오른쪽으로 크게 휘는 바람에 의자에서 거의 떨어질 뻔했다. 그랬다면 서버와 함께 바닥에 나뒹굴었을 테지만, 다행히 마지막 순간에 다리를 제대로 뻗어 망신을 면했다.

트레이에 담긴 술병과 빈 잔은 박살이 났다. 손목이 뜨끔했다. 깨진 유리가 스친 것 같았다. 갑작스러운 소음에 사람들의 시선이 모두 이쪽으로 쏠렸다. 어떡해! 괜찮으십니까? 안 다쳤어요? 여러 사람이 한꺼번에 물었다. 괜찮아요. 괜찮습니다. 괜찮아요. 나는 상처 난 팔을 숨겼다.

"다치셨잖아요! 팔 이리 주세요!"

제이였다. 내가 다치는 걸 본 모양이었다. 기껏 유리조각에 좀 긁힌 걸 가지고.

"살짝 긁혔어요. 괜찮습니다."

"그래도요. 소독이라도 해야죠. 일단 줘보세요."

제이의 태도는 강경했다. 그는 이미 구급상자까지 들고 있었다. 행동이 대단히 재빠른 친구였다. 나는 짧은 한숨을 쉬고는 팔을 내밀었다. 제이의 눈과 나의 눈이 동시에 커졌다. 가볍게 생각한 상처가 뜻밖에 크고 깊었다. 피가 계속 흘러나와 바 위에 방울져 떨어졌다. 제이는 놀라서 구급상자를 든 채 입을 헤벌렸다.

그때, 옆에 있던 에이가 덥석 내 손을 잡아 팔을 자기 쪽으로 당겼다. 그는 제이의 구급상자를 빼앗아 소독약을 꺼내고 상처를 소독했다. 날카로운 통증이 느껴졌지만, 그건 아무것도 아니었다. 에이가 내 손을 잡고 내 상처를 소독하고 있다! 이거야말로 꿈같은 일이 아닌가.

정말 믿을 수 없는 일은 그다음에 벌어졌다.

소독한 상처 위에 밴드를 붙인 에이가 제 두건을 벗어 그걸로 내 손목을 감싸 묶어준 것이다. 누구도 벗은 모습을 본 적이 없다는 검은 두건을, 눈까지 가릴 정도로 깊이 내려 쓰는 그것을 제 손으로 벗어서!

마침내 에이의 이마와 눈이 모든 사람 앞에 드러났다. 그의 이마에는 터치스크린이나 USB 포트 같은 건 없었다. 여드름도 점도 긁힌 자리도 하나 없이 그저 매끈하고 깨끗한 이마였다. 잘 손질된 눈썹 아래, 쌍꺼풀은 없지만 크고 길어서 시원해 보이는 눈도 평범한 검은색이었다.

"상처가 깊은데 일단 병원으로 가시죠."

제이가 말했다.

"병원에 가시는 게 좋겠어요. 이 시간에도 응급실은 여니까요. 비용은 저희가 부담하겠습니다."

나는 그러겠다고 대답하고 자리에서 일어났다. 에이가 무표정한 얼굴로 나를 보았다. 감정을 읽을 수 없는 얼굴에 어울리는 감정이 보이지 않는 눈이었다. 마신 술값을 내려는 시도는 거절당했다. 병원에 꼭 가라고, 뒤통수에 대고 제이가 몇 번이나 큰 소리로 말했다. 소동이 벌어지거나 말거나 스카페이스는 신경 쓰지 않고 술을 마시는 모양이었다.

◆ ◆ ◆

나는 병원에 가지 않았다.

집으로 곧장 돌아와, 불도 켜지 않고 바닥에 털썩 주저앉았다.

나는 분명히 에이의 이마에 깊이 팬 상흔이 있을 거라고 믿었다. 그 꿈을 꾸고 난 후부터, 자기 이마에서 눈을 파냈던 소년이 에이일 거라고 믿어 의심치 않았다. 지난 두 달간 온통 그 생각뿐이었다. 나는 그것을 보고 싶었다. 보고 싶지만 두려웠다. 흉터는 얼마나 끔찍한 모양일까. 내가 과연 그걸 견딜 수 있을까. 망설임이 커질수록 욕망도 커졌다. 내 눈으로 확인하지 않고서는 견디기가 어려웠다. 그래서 오늘 밤 도리스를 찾아갔던 것이다. 에이의 두건을 벗길 아무런 계획도 없이, 그저 무작정.

이런 식으로 쉽게 보게 될 줄이야. 거기에 아무것도 없을 줄이야.

상처가 욱신거리며 아파 왔다. 나는 냉장고에 넣어둔 보드카를 가져와 병째 들이켰다. 그렇다면 그 꿈은 다 뭐였지? 스카페이스의 이야기는? 아니, 그날 밤 네온사인을 바꿔 단 도리스에 가서 스카페이스를 만났던 것부터가 꿈이었을까? 어디서부터 꿈이고 어디서부터 현실이지? 독한 액체가 목구멍 속으로 빙글빙글 빨려 들어갈수록 내 기억들도 혼돈 속으로 소용돌이쳤다. 빙글빙글. 데굴데굴.

두통과 갈증, 눈 부신 햇살이 나를 깨웠다.

술병이 손에 닿았다. 거의 새것이나 마찬가지였는데 텅 비어 있었다. 손목이 어릿하게 아팠다. 나는 거기에 묶인 검은 천을 바라보다가, 억지로 몸을 일으켜 욕실로 들어갔다. 휑한 욕실의 거울 속에서 눈이 잔뜩 충혈된 사내가 나를 마주 보았다.

나는 거울 앞으로 다가갔다.

에이의 반듯한 이마. 반듯하고 깨끗한, 아무런 상처도 흔적도 없는 이마. 나는 내 이마를 덮은 수북한 머리카락을 왼손으로 쓸어 올렸다. 에이의 이마를 이렇게 쓰다듬어 본다면 어떨까. 그의 매끄럽고 하얀 이마를 천천히 만지면 어떤 기분이 들까. 나는 한숨을 쉬었다. 에이의 눈. 에이의 머리카락. 에이의 아름다운 이마. 나는 눈을 감고, 그와 함께 있다고 상상했다. 내 입술에 닿는 것은 차가운 거울 표면이 아니라 따뜻한 에이의 입술이었다. 그가 내 이마를 상냥한 손길로 쓸어주며, 내 입맞춤에 답하고, 오랫동안 잃어버렸던 그 미소를 내게 보여준다면…….

부질없는 상상은 연기처럼 사라지고 나는 눈을 떴다. 거울을 보았다. 내게 다정하게 웃어주는 에이는 거기에 없었다. 거울 저편의 살풍경한 욕실에는 이지러진 얼굴의 남자가 서 있을 뿐이었다.

그의 이마 한가운데 찍힌 기괴한 낙인은, 오래전 그 자리에 나타났던 빛나는 푸른 눈을 억지로 뜯어낸 흔적이었다.

4

스트레인저 스트레인저

"결혼할래요?"

내가 그 여자에게 말했다.

정말 그 여자와 결혼하고 싶은 건 아니었다. 단지 그 순간에, 언젠가 어느 책에서 읽었던 짧은 문장이 생각났을 뿐이었다. 여자는 사랑한다는 말을 들었을 때보다 결혼해달라는 말을 들었을 때 더 행복한 미소를 짓는다던가.

나는 궁금했다.

이 여자는 그 말을 들으면 어떤 표정을 지을까.

그게 이유였다. 단순한 호기심에 지나지 않았다.

나는 그 여자보다 두 살이 많았고, 이미 여러 번 몸을 섞었으나 절대 말을 놓지 않았다. 그것은 그녀와 나 사이의 거리를 유지하는 하나의 방법이었다. 나는 내가 정해 놓은 거리 안으로 그녀를 들여놓을 생각이 전혀 없었다. 그 여자가 아니라 누구라도. 그녀 이전에 만났던 여자들과 그 여자를 만나는 사이에 만났던 또 다른 여자들에게도, 미래에 만나게 될 어떤 여자라 해도 마찬가지였다.

옷걸이에서 원피스를 벗겨 내던 그 여자는 내 말에 깜짝 놀라 나를 쳐다보았다. 예상했던 반응이었다.

"죄송한데, 혹시 지금 뭐라고…… 하셨어요?"

못 들었어? 그럴 리가.

나는 미소를 지으며 다시 한 번 말해주었다.

"'결혼할래요?'라고 말했어요."

그 여자는 원피스를 입었다. 지퍼가 따로 없는, 넓은 목둘레가 자연스럽게 드레이프 되는 부드러운 소재의 원피스였다. 그녀의 하얀 피부에 잘 어울리는 차분한 푸른색으로, 유명 브랜드 제품은 아니지만 싸구려 같아 보이지도 않았다. 그 여자는 치맛단을 손으로 몇 번 쓸어내려 정돈하더니 나를 쳐다보았다. 표정을 읽을 수 없는 얼굴이었다. 그 여자는 가끔 그런 얼굴이 되곤 했는데 나는 그 얼굴이 싫었다.

"대답 안 해요?"

내가 물었다. 물론, 웃으면서.

"농담이잖아요."

그 여자의 목소리가 어쩐지 조금 자신 없게 들렸다. 그녀라고 별수 있을까. 나는 그렇게 생각했다. 내가 만나본 여자들은 더 아름답거나 덜 아름답거나 상관없이 모두 내 앞에서 비슷하게 행동했다. 다른 여자와 달라 보일 거라는 듯 당당한 태도를 보이는 여자들도 많이 있었지만, 얇디얇은 그 자신감 너머 비치는 불안을 완벽하게 감춘 여자는 아무도 없었다.

"아니라면요?"

'아니에요.'와 '아니라면요?'는 천국과 지옥만큼이나 다른 말이었다. 푸른 원피스를 입은 그 여자가 대답했다.

"안 할래요."

데뷔 초에 찍었던 어떤 영화에서 간신히 조연이라고 부를 만한 역할을 한 적이 있었다. 주인공이 열심히 해 놓은 일을 망쳐 놓기 일쑤인 풋내기 신입사원 역이었다. 멀쩡히 대학을 졸업하고 규모가 제법 되는 회사에 들어왔으면서도 할 줄 아는 말이라고는 '죄송합니다.'와 '감사합니다.' 그리고 '왜요?' 정도가 전부인 멍청이라서 자괴감과 싸우며 대사를 외워야 했다. 그때의 나는 작품을 고를 권리 따위는 전혀 없는 신인이었으니 감히 그런 속내를 드러낼 수도 없었다. 영화가 망했을 때는 어쩐지 일이 제대로 된 것 같아 남몰래 안도했었다. 나는 그 영화 속 신입사원이 된 양, 최대한 순수하게 멍청한 표정으로 그 여자에게 되물었다.

"왜요?"

처음부터 그 여자가 '좋아요.'라고 대답할 거라고는 생각하지 않았다. 그 여자가 그렇게 멍청한 여자였더라면 애초에 이런 질문을 하지 않았을 것이다. 중요한 건 대답이 아니라 이유였다.

"사랑하는 사람이 있으니까요."

"나를 사랑하는 줄 알았는데요."

이번에는 그 여자가 웃었다.

"사랑해요. 누가 당신을 사랑하지 않을 수 있겠어요."

어쩐지 기분이 나빠졌다. 그러나 나는 전혀 내색 없이 되물었다.

"그런데 왜 나랑 결혼을 안 해요?"

"농담이잖아요."

이런 멍청이, 아니라고 했잖아. 나는 눈썹을 추켜세우고 눈을 크게 떴다.

"아니라면요?"

"안 할래요."

그 여자가 처음보다 조금 더 단단해진 목소리로 대답했다.

"왜요?"

그 여자는 탁자 위에 놓아두었던 숄더백을 집어 들었다. 아무런 장식도 없는 단순한 디자인의 검은색 가죽 가방이었다. 여러 번 봐서 눈에 익었다. 다른 가방을 갖고 나를 만나러 온 적이 있었던가? 언젠가 아주 약간 광택이 도는 패브릭 소재의 크로스백을 메고 온 적이 있던 것도 같았다. 그 가방에도 장식적인 요소는 거의 없었고 색깔은 마찬가지로 검은색이었다. 새것처럼 반짝거리지는 않았지만, 반듯한 모양이 어그러진 데 없이 깔끔했던 기억이 난다. 가방이 두 개밖에 없는 걸까. 나는 그녀에게 가방을 몇 개나 갖고 있느냐는 질문은 하지 않았다. 언제 한번 물어볼까 하는 생각은 한 번 했다. 두 달 전 시즌 신상품을 보러 백화점에 갔을 때였다. 매니저가 여자 친구에게 선물하라며 볼드한 장식이 달린 토트백을 꺼내 왔다. 여자 친구 없는 거 아시면서, 라고 내가 말하자 그는 "사 놓았다가 생기면 주세요." 하고 너스레를 떨었다.

저희 브랜드 제품은 십 년이 지나도 직전 시즌 같이 힙한 거 아시잖아요.

물론 나는 그것을 사는 바보짓은 하지 않았다.

그 여자는 숄더백을 손에 들고 내게 말했다.

"사랑하는 사람이 있으니까요."

그랬다. 그 여자는 사랑하는 사람이 있다는 말을 했었다. 두 번째 만났을 때였던가 아니면 세 번째에? 정작 그때는 귓등으로도 제대로 듣지 않고 흘려버렸지만, 어찌 된 셈인지 그 여자가 그런 말을 했었다는 사실이 갑작스럽고도 분명하게 기억났다. 그게 사실일 리 없었다. 나는 로맨스 코미디 영화에 출연할 때 부지런히 연습해둔 말투로 되물었다.

"나를 사랑한다고 말했잖아요."

"당신을 사랑한다고 했지, 당신만 사랑한다고 하지는 않았어요."

이것 봐라. 시나리오를 쓴다더니 제법 말장난에 재주가 있네.

"나보다 그 사람을 더 사랑한다는 말인가요?"

"그런 비교는 할 수 없어요."

그 여자의 입은 나를 향해 열렸지만, 그 여자의 눈은 방 안 어딘가에 벗어둔 구두를 찾고 있었다. 무슨 색이었더라? 푸른색 원피스와 그럭저럭 어울리는 어두운 색이었는데, 짙은 남색이었나 푸른빛이 살짝 도는 검은색이었나.

"왜요?"

그 여자의 눈이 내 얼굴에서 멈추었다.

112

"왜 안 되는데요?"

생각났다. 검은색에 가까운 잿빛 구두였다. 잿빛이라니, 신데렐라냐.

"지금 뭐 하는 거예요?"

"그냥 간단한 질문이에요. 대답해봐요."

침대 아래에 떨어진 구두를 먼저 발견한 것은 나였다. 나는 그 여자보다 먼저 구두를, 한 손에 한 짝씩 집었다. 그녀가 손을 내밀었지만, 나는 건네주지 않았다.

"대답."

"신발 주세요."

"대답."

"무슨 대답이요?"

"내 질문에 대한 대답이죠."

"뭐가 궁금한데요?"

"당신이 사랑한다는 사람, 그 사람을 나보다 더 사랑하느냐고 물었잖아요."

"그 질문에는 이미 대답했어요. 그런 비교는 할 수 없다고."

"아, 그랬군요. 그랬지, 내 질문은 '왜 그런 비교는 할 수 없나?'라는 거였군요."

"다르니까요."

"뭐가요? 아님 '어떤 면이?'라고 물어야 하나?"

"대답할 테니 이리 주세요."

"대답부터 하면 드리지요."

푸른 원피스를 입은 여자는 여전히 손을 내민 채 한숨을 쉬었다. 나는 그 여자의 얼굴을 뚫어져라 쳐다보았다. 내가 승기를 잡고 있는 게 맞는지 확인하고 싶었다. 하지만 여자의 얼굴에서 내가 보고 싶은 기색은 보이지 않았다. 여자는 또박또박 말했다.

"당신은요, 당신은 아름다워요. 당신도 알겠지만, 매우 빼어나게 아름다운 사람이에요. 누가 당신처럼 아름다운 사람을 사랑하지 않겠어요."

"So far so good. 듣기 좋은데요?"

"하지만 그 사람은, 그 사람은 그냥 내 사랑이에요."

무슨 말이야.

"무슨 말인지 모르겠어요."

흐음.

그 여자의 미간에 희미한 주름이 생겼다. 왜인지 그 여자를 처음 만났던 날이 떠올랐다. 딱히 미인이라고 할 수 없고, 눈에 띄는 남다른 매력이 있는 것도 아니었다. 하다못해 향수 냄새마저 없는 여자였다. 향수 냄새는커녕 체취조차 희미했다. 일부러 향이 강한 샴푸와 샤워젤을 가져와 호텔 어메니티와 바꿔치기한 적도 있었지만, 그런 향기들도 그 여자에게는 오래 머물지 않았다.

"내 사랑이라고요."

설득력 없는 반복.

그 여자는 자신도 그렇게 느꼈는지 가볍게 고개를 흔들었다.

"뭐라고 말해야 할지 사실은 잘 모르겠네요. 그 사람에 대해 설명할 일이 있을 줄은 몰랐거든요. 설명할 필요가 없었으니까요. 설명이란 건 상대의 이해를 구하는 건데, 저는 그 사람에 대해 다른 누구의 이해도 구할 필요가 없어요. 그 사람은 내 사랑이고, 나한테는 그걸로 충분해요. 그 사람은, 내 사랑이에요."

"운명 같은 사랑이다, 이런 뜻인가요? Love of my life?"

"대답했으니 주세요."

"운명 같은 사랑이란 뜻 맞아요?"

"맞아요."

"거짓말."

"제 신발 안 주실 거예요?"

"거짓말쟁이한테는 안 줄 거예요."

"거짓말한 적 없어요."

"방금 했잖아요."

"제가 언제요?"

"운명 같은 사랑이란 뜻 맞는다고 할 때요."

"맞아요."

"또 거짓말."

"무슨 근거로 제가 거짓말을 했다는 거예요?"

"얼굴에 다 적혀 있어요. 표정만 보면 알 수 있죠."

하. 그 여자가 웃었다.

"왜 웃어요?"

"그런 말, 표정만 보면 알 수 있다느니 하는 건, 아주 가까운 사이에서나 쓰는 거예요."

"그 정도는 쓸 수 있는 사이 아닌가요?

"아니잖아요."

"왜 아닌데요?"

"말장난은 그만해요. 그거나 주세요."

"이 구두를 신고 그 사람에게 갈 건가요?"

여자의 구두는 굽이 겨우 3센티미터 정도밖에 돼 보이지 않았다. 굽이나 바닥의 흔적으로 보아 오래 신은 신발 같았지만, 가죽이 벗겨지거나 긁힌 곳은 없었다. 그 여자가 지닌 것들은 하나같이 그렇다는 사실을 나는 문득 깨달았다. 눈에 띄지도, 반짝거리지도 않고, 값이 비싸 보이지도 않지만 오랜 시간 소중하게 사용해온 티가 나는 물건들. 그러니까 그 여자는 나와는 전혀 어울리지 않았다. 나와는 전혀 어울리지 않는 그 여자가 말했다.

"도대체 오늘 왜 이러는 거예요?"

"당신하고 결혼하고 싶어서요."

"안 한다고 했잖아요."

이상형이 어떻게 되세요? 만나는 사람 있으신가요? 결혼은 언제쯤 하실 계획이시죠? 지난 십 년간 같은 질문을 수백 번은 받았을 것이다. 나는 매번 성실하게, 마치 그런 질문을 처음 받는 것처럼 대답했다. 글쎄요, 이상형은 생각해본 적이 없습니다. 여자 친구는 없어요. 결혼은 언젠가는 해야겠지만, 아직은 아니에요. 지금은 일에 집중할 때입니다. 여러분들에게 좋은 모습을 보여드리는 것이 제게 가장 중요한 일이라고 생각합니다.

"생각은 언제든 바뀔 수 있는 거 아닌가요?"

"이 생각은 아니에요."

"왜 그렇게 확고하죠?"

"나는 약속을 했어요. 언제까지나 그 사람의 곁에 있겠다고요. 그 사람이 내가 그래 주기를 원하는 한 언제까지나요."

언제까지나 내 곁에 있겠다고 약속해줘, 정도라면 못 할 말도 아니다. 하지만 거기에 '내가 원하는 한'이라는 조건을 붙이다니, 보통 뻔뻔한 놈이 아닌 게 분명했다.

"그가 그걸 요구했나요?"

그리고 너는 그러겠다고 약속을 했고?

"이해를 못 하시는군요. 그것이 그 사람과 한 약속이라면 난 언제든 그걸 깰 수 있어요."

"그런데 왜 안 돼요?"

"그 사람과 한 약속이 아니니까요."

"그럼 누구랑 했는데요?"

"나 자신하고요."

그게 무슨 말이야. 나는 슬슬 짜증이 나기 시작했다.

"그게 무슨 말이에요?"

"난 언제까지나, 그 사람이 나를 원하는 한 언제까지나 그 사람의 곁에 있겠다고 나 자신과 약속했다고요. 난 그 약속을 깰 수 없어요. 나 자신과 한 약속이니까요."

"말도 안 돼요."

"나한테는 말이 돼요."

"그냥 깨버려요."

"그렇게는 못 해요."

"자신과 한 약속이라면서요. 그걸 깼다고 누가 당신을 비난하겠어요? 어차피 아무도 모를 거 아니에요."

"난 그걸 깰 수도 없지만 만약 그런다고 한들 당신이라면, 자신과의 약속을 저버린 사람을 믿을 수 있겠어요?"

"믿어줄게요."

"아니에요, 상관없어요. 그건 중요하지 않아요. 그만해요."

"당신은 내 청혼을 거절했잖아요. 이유 정도는 말해줄 수 있지 않나요, 우리 사이에?"

"우리는 아무 사이도 아니에요."

"나를 사랑한다면서요?"

"사랑해요."

"그런데 어떻게 아무 사이가 아닌가요?"

"나는 아름다운 것은 다 사랑해요. 굳이 예를 들자면, 조지아 오키프의 그림이라든가 춤을 추듯 유영하는 가오리라든가 여름날의 맑은 아침 하늘도 모두 내가 사랑하는 것들이에요. 말했듯이 당신은 무척 아름답고, 그래서 당신을 사랑해요. 당신은 내가 사랑하는 무수히 많은 아름다운 것들 중 하나일 뿐이에요."

"그게 다예요?"

"그게 다예요."

그 여자는 입을 다물었다. 나는 여자의 구두를 든 손을 위로 쳐들었다. 하지만 항복할 생각 따위는 없었다.

"좋아요, 그건 그렇다고 칩시다. 그러면 당신은 아무 사이도 아닌 남자와 섹스를 하나요?"

나는 그 여자의 얼굴이 빨개질 거라고 생각했다. 그녀가 내가 생각하는 것보다 훨씬 더 뻔뻔하다고 하더라도 적어도 입술을 꼭 깨물기는 할 거라고. 하지만 그 여자는 한순간도 망설이지 않고 대답했다.

"예, 나는 해요."

"뭐라고요?"

"나는 아무 사이도 아닌 남자와 섹스를 한다고요."

"당신의 그 사람에게 부끄럽지 않아요?"

"부끄럽지 않아요. 나는 그 사람에게 거짓말을 한 적이 없으니까요."

"그건 그가 모른다는 말이겠죠. 당신은 그에게 말을 하지 않았으니 거짓말을 한 적이 없는 셈이라고 생각하는 건가요? 좀 비겁하다고 생각하지 않아요?"

그 여자의 눈빛이 순식간에 단단해졌다.

"넘겨짚지 마세요. 나는 그 사람을 속이지 않았어요. 거짓말로든 침묵으로든 어떤 식으로라도. 그 사람은 내가 당신과 섹스를 한다는 걸 잘 알고 있어요. 내가 말했거든요. 아니, 처음부터 그 사람의 허락을 얻어서 당신과 섹스를 한 거예요."

"뭐라고요?"

"들었잖아요."

"세상에 어느 미⋯⋯."

내가 두 살만 더 어렸더라도 나는 '미친놈'이라는 말을 내뱉고 말았을 것이다. 그러나 시간은 나를 매끄럽게 다듬어 놓았다.

"⋯⋯정신 나간 남자가 자기 여자에게 그런 걸 허락합니까."

그 여자는 미소를 지었다. 따귀를 올려붙인다면 그 미소도 당장 떨어져 나갈 테지. 그래서 나는 따귀를 때렸다. 손이 아닌 말로.

"아니면 그 남자에게 당신은, 그 정도밖에 되지 않는 여자인가요?"

"내가 당신에게 그렇듯이, 라고 묻고 싶은 건가요?"

"질문에 질문으로 답하는 건 대답을 회피하는 효과적인 방법이죠."

"당신의 인터뷰를 보고 배웠나 봐요."

"떠넘기는 수법도 제법이네요."

"말장난은 그만둘게요. 시간도 별로 없고."

그 여자는 손목시계의 버클을 눌러 잠그며 말했다. 손톱은 언제나 짧았고 매니큐어를 바른 모습은 한 번도 본 적이 없었다.

"먼저, 그 사람은 정신 나간 남자가 아니에요. 제가 이런 이야기를 시시콜콜 당신에게 할 이유는 없지만, 괜한 오해를 살 필요도 없으니 말씀드리는 거예요. 그리고 저는 그 남자가 자기 여자라고 생각하는 유일한 여자고요. 우리는 서로의 반려자예요. 당신이 믿거나 말거나 상관없어요. 당신에게 인정받을 필요는 더욱더 없고요. 이제 제 신발을 주시겠어요?"

◆ ◆ ◆

어느 여배우의 생일파티에서 그 여자를 처음 만났다. 전에 한 번 같이 일한 적이 있어서 형식적인 초대를 받았지만 갈 생각은 없었다. 여배우는 대대적인 성형수술로 미인이 된 여자인데 날 때부터 미인인 체하는 게 별로 마음에 들지 않았다. 그런데도 그 자리에 간 건 그 여배우의 팬인 매니저 때문이었다. 신인 때부터 함께 일해준 사람인지라 제발 한 번만 가달라는 부탁을 거절하기 어려웠다.

　사람이 많았다. 잘나가는 여배우라서 그런지 이름 있는 감독이며 배우들도 제법 눈에 띄었다. 이름 있는 배우가 되기를 꿈꾸는 아름다운 외모의 배우 지망생들도 많이 있었다. 멋진 옷차림을 한 아름다운 사람들 사이에서 그 여자는 전혀 눈에 띄는 존재가 아니었다. 애초에 그런 자리에는 전혀 어울리지 않는 사람이었다. 그런데 어떻게 그로부터 일 년이 지난 지금 나와 그 여자가 함께 있게 되었는가.

　간단하다. 그 여자는 그저 어쩌다가 나와 마주 앉았고, 팬이라며 내게 사인을 부탁했고, 나는 의례적인 친절을 베풀어 사인을 해주었고, 그 여자는 사인만 받았을 뿐 셀카를 함께 찍어달라는 부탁은 하지 않았고, 당연히 셀카를 찍자고 할 줄 알았던 나는 약간 당황했고, 마침 나서기 좋아하는 어느 감독이 거국적인 건배를 제안했고, 마주 앉은 까닭에 서로 잔을 부딪쳤고, 그때 마셨던 술이 뭐였는지는 기억이 안 나지만 얼굴이 빨개진 그 여자가 귀여워 보인다는 생각이 내 머리를 스쳤던 건 기억이 나고, 화장실에 다녀오는 길에 복도에서 우연히 마주쳤고, 나는 술을 좀 많이 마셨고, 술을 좀 많이 마신 잘생긴 배우와 그를 보고 얼굴이 빨개진 팬이 우연히 복도에서 마주친 다음에 일어날 수 있을 법한 일이 일어나서 나는 그

여자와 잤고, 그게 또 그럭저럭 괜찮아서 가끔 연락을 했고, 그 여자는 내가 부를 때마다 대개 별말 없이 나왔던 것이다.

그랬다. 그 여자는 유난히 말수가 적었다. 내가 결혼 이야기를 꺼내기 전까지는, 처음 만났던 그날 밤이 가장 말을 많이 한 날이었다. 그래 봤자 그리 많은 이야기를 한 것은 아니었다. 이름과 나이와 전화번호 정도의 단편적인 정보가 다였다. 나는 그 여자에 대해 아는 게 없었다. 구두를 달라고 손을 내미는 그 여자를 보면서 그제야 알게 되었다. 나는 아는 게 없었다.

"그렇게 서두를 필요 없잖아요. 잠깐 이야기 좀 해요."

나는 구두를 주지 않았다.

"벌써 세 시 오십 분이에요. 아까 네 시쯤에 가달라고 말했잖아요."

그랬다. 나는 그 여자와 만날 때마다 항상 시간을 정해주었다. 바쁜 중에 잠깐 시간을 낸 거라고, 대놓고 말하지는 않았지만 대놓고 말한 것과 다름없을 만큼만 에둘러 말했다. 메시지는 참으로 명료했다. 그러니까, 조르지 마. 떼쓰지 마. 내여자 친구가 됐다고는 꿈에도 착각하지 마. 그 여자는 언제나내가 정해준 시간을 정확히 지켰다. 그래서 나는 그 여자를다른 여자들보다 더 자주 만났다.

125

거짓말.

나는 다른 여자를 만나지 않았다. 그 여자를 만난 후에도 다른 여자를 만났지만, 마지막으로 다른 여자를 만난 지 벌써 반년이 가까워져 오고 있었다. 게다가 그 다른 여자가 누구였는지도 전혀 기억나지 않았다. 이름이나 만났던 장소쯤은 잊었더라도 얼굴쯤은 희미하게나마 기억나야 할 텐데, 아무것도 남아 있지 않았다. 나는 그제야 무언가 잘못되었다는 걸 깨달았다.

"여기 잠깐만 앉아 봐요."

나는 침대를 가리켰다.

심장이 쿵쾅쿵쾅 뛰었다. 그 여자는 이제 약간 짜증이 난 듯한 얼굴이었다. 그 여자가 짜증을 내고 있다는 걸 감지하자 기분이 나빠졌다. 내 앞에서 짜증을 낸 여자는 최근 오 년 이내에는 아무도 없었다. 여자들은 감동하거나, 울거나, 애원했다. 감히 내게 짜증을 내? 나는 그 여자의 구두를 손에서 놓는 것과 동시에 그 여자의 팔을 홱 낚아챘다. 그 여자는 균형을 잃고 침대로 쓰러졌다. 몇 해 전 어느 액션영화에서 비슷한 장면을 연기했던 생각이 났다. 상대 여배우와는 일이 끝난 후에도 세 번 더 만났다. 내 애인이 되고 싶다는 암시를 주지만 않았어도 두어 번은 더 만났을 것이다.

126

나는 그 여자 위에 올라타 내 체중으로 단단히 눌렀다. 맨살에 닿는 원피스는 부드러웠다.

"옷 구겨져요."

그 여자는 뜻밖에 침착했다. 아니면 침착한 척하는 것이거나. 평소의 나라면 간파할 수 있었겠지만, 화가 나서인지 정확히 알기 어려웠다.

"새 옷을 사 드리죠."

"그러실 필요까지는 없고요."

그 여자에게 아무것도 선물한 적이 없다는 게 기억났다.

"제 성의로 받아주세요."

"안 그러셔도 돼요."

"지금 상황에서는 그냥 간단하게 예스 하는 게 좋지 않겠어요?"

그 여자가 처음으로 침묵했다. 나는 그것이 마음에 들었다. 입은 다물었어도 숨소리가 거칠어진 것만은 숨기지 못했으니까.

"저, 숨 쉬기가 불편해요."

나는 여자를 뒤집어 똑바로 눕혔다. 그러나 몸을 일으킬 시간은 주지 않았다. 나는 그 여자 위에 걸터앉아 얼굴을 마주보았다. 흐트러진 머리카락이 몇 가닥, 그 여자의 얼굴에 붙어 있었다. 나는 손을 뻗어 여자의 머리를 쓰다듬었다.

"결혼할래요?"

그 여자는 대답하지 않았다.

"나랑 결혼할래요?"

그 여자는 나를 보았다. 흔들리던 눈동자가 고요하게 가라 앉자, 그 여자가 입을 열었다.

"안 해요."

"왜요?"

"이 장난 언제까지 할 거예요?"

"네가 그런다고 대답할 때까지."

"사랑하는 사람이 있다고 했잖아요. 당신은 그 사람이 아니에요."

"죽어도 못하겠어?"

"죽어도 못해요."

나는 그 여자의 목으로 두 손을 가져갔다.

"그 남자 말이야."

가느다란 목이었다.

"네가 다른 남자랑 섹스해도 된다고 허락해줬다는 그 남자. 만약 네가 호텔 방에서 섹스를 한 다른 남자에게 목이 졸려 죽은 뒤에도 태연할 수 있을까?"

"정말 나를 죽일 거예요?"

"못할 거라고 생각해?"

"당신이 이제껏 쌓아 올린 모든 걸 포기할 만큼 대단한 호기심은 아닌 것 같은데요."

"그런 건 내가 결정해."

"그런데 왜 반말하세요?"

"난 너보다 두 살이나 많아. 얼마든지 반말을 할 수 있다고."

"하지만 여태까지 안 했잖아요."

"내 마음이야."

"나랑 거리를 두려고 그런 거 아니었어요?"

"소설 쓰시네."

"난 그렇게 생각했는데, 내가 틀렸나 보네요."

"죽는 게 겁나지 않아?"

그 여자의 두 손은 자유로웠으니, 얼마든지 저항할 수도 있었다. 그러나 그 여자는 오히려 온순해졌다. 편안하게 양팔을 늘어뜨린 채 눈을 감았다.

"그 사람도 나를 죽일 뻔한 적이 있었어요. 죽이려고 했던 건 아니지만."

그 여자는 어딘가 먼 곳에 있었다.

"아주 근사한 밤이었어요. 온몸이 거대한 화염 속에 던져진 기분이 들었어요. 나 자신이 불꽃이 되어 활활 타는 것만 같았죠. 거의 정신을 잃었어요. 그 사람도 그랬고요. 어쩔 줄 몰랐던 거예요. 내 목을 졸랐죠. 난 정말 죽을 뻔했어요. 목에 멍이 들어서 꽤나 오래갔으니까요. 그 사람이 얼마나 미안해했는지 몰라요. 내가 괜찮다고 하는데도 한동안 혼난 강아지 같은 얼굴을 하고 있었어요."

어딘가 먼 곳에서, 그 여자는 한없이 행복하게 미소를 지었다. 내가 처음 보는 그 얼굴이 너무 아름다워서 숨이 막혔다. 아래에 깔린 게 그 여자가 아니라 나인 것 같았다. 내 목에 단단히 달라붙은 손의 압력이 느껴질 정도였다.

"그 뒤로 가끔 생각했어요. 그때 내가 죽었더라면 어땠을까, 하고. 가슴이 너무 아파서 터질 것 같을 때마다 그 생각을 했죠. 그때 내가 죽었더라면, 그랬더라면 어땠을까."

그 여자는 울지 않았다. 눈을 뜨고 나와 마주보았다.

"죽고 사는 건 내가 어쩔 수 있는 일이 아니에요. 살면서 내가 어쩔 수 있는 일이란 한 줌도 안 되죠. 당신도 잘 알 거예요. 당신처럼 아름답고 매력적인 사람에게도 인생은 똑같이 무거울 테니까요. 나를 죽일 거면 죽여요. 아니라면 놓아주세요."

나는 그 여자 위로 몸을 숙이고, 부드러운 입술에 입을 맞추었다. 차갑고 달콤한 입술은 저항했지만, 나는 힘을 주어 안으로 파고들었다. 어떻게 하면 좋을까. 그녀의 입안은 따뜻하고 어두운 동굴 같았다. 하지만 그 안의 나는 무력하게 꿈틀거리는 한 마리 벌레였다. 울고 싶었다. 그 여자를 껴안으면 울어버릴 것만 같았다. 그런 바보 같은 질문을 하는 게 아니었다. 알고 싶지 않은 것과 알아도 소용없는 것은 처음부터 묻지 말았어야 했다.

　내가 비키자, 그 여자는 아무 일 없었다는 듯이 몸을 일으켜 바닥에 떨어진 구두를 신었다. 침대에 걸터앉은 내 등을 향해 그 여자가 말했다.

　"안녕히 계세요. 그동안 무척 즐거웠어요. 늘 응원할게요."

　"가지 마."

　"예?"

　"가지 말라고."

　"늦었어요. 당신도 스케줄이 있잖아요."

　"그까짓 스케줄."

　"그래요, 그건 당신이 알아서 할 일이죠. 어쨌든 저는 갈게요."

　"가지 말라고 했잖아."

여자는 문 앞에서 멈춰 서더니 뒤를 돌아보았다. 나는 그 여자의 얼굴을 알고 있었다. 활짝 웃는 얼굴. 살짝 찡그린 얼굴. 쾌락의 절정에 이르러 눈을 감고 입을 벌린 얼굴. 깜박 잠이 든 얼굴과 수줍게 미소 짓는 얼굴도. 그러나 뒤돌아 나를 보는 그 얼굴은 내가 아는 얼굴이 아니었다. 너무나 낯설었다. 그 여자는 내가 모르는 여자였다.

"안녕."

낯선 여자는 고개를 돌리고 문을 열고 나갔다. 나를 떠났다.

5

자욱한 꿈

아내는 안개를 좋아했다.

이우는 잠결에 더듬은 옆자리가 비었어도 놀라지 않았다. 그는 아내가 푸르스름한 안개에 뒤덮인 도시의 새벽 풍경을 한동안 바라보다가 다시 침대로 돌아오리라는 걸 알고 있었다. 고양이처럼 보드라운 발바닥으로 사뿐사뿐 걸어서, 유연한 몸을 동그랗게 말아 그의 품속으로 안겨든다는 것을.

이우는 아내의 부드러운 머리카락이 턱을 간질이는 느낌을 좋아했다. 꼭 껴안을 때 아내가 내는 기분 좋은 숨소리를 좋아했다. 손가락 아래로 미끄러지는 그녀 몸의 모든 곡선을 좋아했고, 그 몸을 덮은 이불을 좋아했고, 그녀가 숨 쉬는 공기를 좋아했고, 그녀가 밟는 땅을 좋아했고, 그녀가 존재하는 우주를 좋아했다.

부부에겐 아이가 없었다. 서두르지 않았을 뿐이다. 이우는 아내와 달콤한 신혼을 즐기고 싶었다. 아이는 때가 되면 자연스럽게 생길 거라고만 생각했다. 그렇게 어느 날 부모가 되고, 정성을 다해 아이를 키우고, 그 아이가 자신의 인생을 찾아가는 모습을 지켜보며 함께 늙어갈 거라고. 햇살이 따스한 어느 목요일 오후에 라디오 뉴스 속보로 아내의 죽음을 전해 듣는 일이 생길 거라고는 꿈에서조차 생각해본 적이 없었다.

건조한 목소리의 아나운서는 대낮에 육중한 5톤 트럭이 건물로 돌진했다고 말했다. 사방이 통유리로 된 카페라서, 트럭은 가볍게 유리를 부수고 들어가 한가롭게 차를 마시던 사람들을 그대로 깔아뭉갰다. 아나운서가 모두 스무 명에 달한다는 사상자의 이름을, 신원이 확인된 순서대로 하나씩 읊었다. 아내는 열두 번째였다. 열두 명의 사망자 중 마지막 한 명이었다.

이우는 그 불행한 여인이 아내와 같은 이름을 가진 누군가

이기를 기도하면서 병원으로 달려갔다. 그러나 그의 기도는 하늘에 닿지 않았다.

내장이 터지고 사지가 뜯긴 다른 사람들에 비하면 아내의 시신은 무척이나 온전한 편이었지만, 그 모습이 이우의 비통한 심정에 위로가 되는 건 아니었다.

그녀는 죽었다. 냉정하고도 명백한 죽음 앞에서 그녀의 육신이 그런대로 원형을 유지하고 있다는 사실은 아무 의미도 없었다.

이우는 아내를 죽인 자에게 복수하고 싶었다. 그가 한 것과 똑같이, 5톤 트럭을 몰아 그자의 저주받은 몸뚱이 위로 지나가길 원했다. 뼈가 부서지는 소리를 들으며 웃어주리라. 이우는 더러운 신발로 그자의 뇌수를 밟는 상상을 했다. 때로는 상상이 너무나 강렬해서, 발아래에서 질척한 회백질이 철퍽 소리를 내는 것만 같았다.

불행히도 이우가 살인자에게 복수할 방법은 남아 있지 않았다. 운전자는 트럭 안에서 죽은 채 발견되었다. 희생자들이 구급차가 오기를 기다리며 끔찍한 고통 속에서 느린 죽음을 맞이한 반면, 그는 트럭이 벽과 충돌하는 순간 목뼈가 부러져 즉사하는 행운을 누렸다.

아름다웠던 아내는 한 줌의 재가 되었다. 이우는 그녀를 도시 외곽의 강물 위에 흘려보냈다. 희뿌연 안개가 서린 무심한 강물 위로.

◆ ◆ ◆

아내의 장례를 치른 뒤부터, 도시에는 안개 낀 날이 많아졌다. 도시는 원래 분지 지형인데다 외곽에는 강이 흐르고, 시내 중심에는 커다란 호수까지 있어 안개가 흔한 곳이었다. 특히 여름에서 가을로 넘어갈 무렵이면 도시 전체에 내려앉은 안개가 온종일 사라지지 않는 날이 며칠씩 이어지기도 했다. 안개를 좋아하는 아내가 가장 좋아하는 계절이, 그녀가 떠나고 없는 도시에 다시 찾아왔다.

이우는 하루 대부분을 침대에서 보냈다. 그는 집에서 멀지 않은 중학교의 국어교사였다. 그는 정해진 경조사 휴가 기간이 끝나자 직장으로 돌아가는 대신 휴직계를 냈다. 이우는 아내가 죽었어도 세상은 변함없이 돌아간다는 사실을 받아들이지 못할 만큼 감성적인 사람은 아니었지만, 변함없이 돌아가는 세상의 일부가 되어 하던 일을 계속할 만큼 합리적인 사람도 못 되었다.

그는 자주 아내 꿈을 꾸었다. 그러나 그것을 꿈이라고 불러도 좋은지에 대해서는 확신을 갖지 못했다. 아내는 이제 죽고 없으니 현실이 아닌 것만은 분명했지만, 잠든 것도 아니고 깬 것도 아닌 어느 순간에 그가 느끼는 감각들은 실제로 겪은 일이 아니라고 하기에는 너무나 생생했다. 뺨을 스치는 그녀의 고운 머리카락, 가슴 깊이 밀려드는 그녀의 달콤한 체취, 등을 쓸어내리는 부드러운 손바닥, 잠결에 그를 살짝 건드리는 그녀의 둥근 어깨, 그런 것들을 느낄 때마다 이우는 아내가 이제 곁에 없다는 사실을 잊어버렸다. 그는 아내의 머리카락을 걷어주려고 손을 내밀고, 그녀의 체취를 더 많이 느끼려고 숨을 들이마시고, 아내를 껴안기 위해 팔을 벌렸다. 그는 자신의 손끝에 아내의 머리카락이 닿고, 들숨에 아내의 향기가 섞여 들고, 팔 안으로 아내의 따뜻한 몸이 안겨 올 거라고 믿어 의심치 않았다. 그러나 바로 그 순간 번번이 안타까운 꿈은 안개처럼 녹아 사라져버렸다. 그는 말라붙은 눈물로 끈적해진 눈을 뜨고, 텅 빈 침대에 잔뜩 웅크린 자신 말고는 아무도 없다는 사실만 깨달았다. 이우는 울었다. 쓰다듬을 머리카락을 잃은 손으로, 껴안을 사람을 잃은 제 팔을 쓸어내리며.

♦ ♦ ♦

아내의 빈자리에 가장 먼저 찾아든 것은 먼지였다. 눈에 보이는 곳과 보이지 않는 곳을 가리지 않고 보얀 먼지가 모습을 드러냈다. 마치 사물의 내부에서 뿜어져 나오는 것처럼, 먼지는 표면을 빠르게 뒤덮었다. 이우는 아내의 생전에 반짝반짝 빛나던 모든 것이 먼지를 한 겹씩 두르는 모습을 지켜보기만 했다. 그는 청소 따위는 하고 싶지 않았다. 그는 자신의 상처 위에도, 아내를 잃고 고통에 울부짖는 마음 위에도 먼지가 쌓이기를 바랐다. 고운 먼지가 큰 덩어리를 이루고, 마침내 그 아래 모습을 감춘 물건이 원래 무엇이었는지조차 알 수 없는 때가 오기를 기다렸다. 먼지의 사막 속에 영원히 매몰된 이름 없는 유적이 되어버리기를. 충분한 시간만 주어졌다면 이우의 바람은 이루어졌을지 모른다. 또는, 그가 어느 날 한 통의 전화를 받지만 않았더라면.

이우가 집 안에만 틀어박혀 지내는 동안 그를 바깥세상으로 끌어내려는 시도가 꾸준히 있었다. 친구들은 술을 사겠다고 했고, 동료들은 이 선생님이 안 계시니 학교가 제대로 돌아가지 않는다고 했다. 이런저런 인연으로 알게 된 이러저러한 사람들도 그럭저럭 말이 되는 이유를 들며 연락을 했다. 그는 관계의 친밀도나 그들이 보여주는 관심의 정도에 상관없이 매번 거절로 일관했다. 그는 아내가 없어도 멀쩡히 잘

굴러가는 세상을 머리로는 이해했지만, 마음으로는 받아들일 수 없었다.

하지만 유난히 짙은 안개가 온종일 도시에 머물던 어느 날 오후에 무시하기 어려운 전화가 걸려 왔다. 이우가 처음 교사 생활을 시작할 무렵의 동료는 함께 잘 어울렸던 또 다른 동료가 어린 아들을 소아암으로 잃었다는 소식을 전했다.

"사정은 아는데……."

상대방은 전화 너머에서 조금 머뭇거렸다. 이우는 쓴웃음을 지었다. 그러고는 장례식에 참석하겠다는 뜻을 밝혔다. 그는 여전히 아무 곳에도 가고 싶지 않았고, 그 누구도 만나고 싶지 않았다. 하지만 소중한 사람을 먼저 보낸 옛 동료의 마음을, 소중한 사람을 먼저 보낸 그보다 더 잘 이해할 사람이 어디에 있겠는가. 그에게는 선택의 여지가 없었다. 그리하여 이우는 집을 나섰다. 먼지가 내려앉은 검은 양복을 꺼내 입고서.

아직 '소년'이라고 부르기에도 너무 어린 망자의 장례식장에는 온통 어른들뿐이었다. 태어나자마자 아프기 시작한 아이는 친구를 사귈 여유가 없었다.

아내는 어땠었지?

이우는 낯선 아이의 영정 사진을 보며 아내를 생각했다.

그녀의 장례식에는 몇 명의 친구들이 왔었지?

없었다. 이우는 아내의 죽음을 아무에게도 알리지 않았다. 그녀의 부모는 결혼 전에 모두 세상을 떠났기에 알릴 필요가 없었다. 그녀의 친구들은 그녀가 태어나고 자란, 먼 도시에 살았지만 이우는 아무에게도 연락하지 않았다. 아내는 다정하고 상냥했으므로 친구가 많았다. 이우는 자신이 없었다. 뭐라고요? 그 애가 죽었다니 그게 무슨 말씀이세요? 잠깐, 뭔가 잘못 안 거 아니에요? 그들 입장에서는 한 번이겠지만, 이우에게는 수십 차례가 될 지독한 전화 통화를 감당할 자신이 없었다. 눈물로 얼룩진 그들의 얼굴을 마주할 자신도 없었고, 무엇보다 그들로 인해 더욱 분명해질 아내의 죽음을 받아들일 자신 같은 건 처음부터 없었다.

자식을 잃은 동료가 말없이 이우의 손을 잡았다. 그는 자네도 힘들 텐데 어떻게 여기까지 왔느냐는 바보 같은 소리는 하지 않았다. 덕분에 이우는 아주 조금, 마음이 편안해졌다.

이우는 장례식장에 오래 머물지 않았다. 그는 올 때처럼 조용히 그곳을 빠져나왔다. 아직 해가 지려면 한참이나 남았지만, 안개의 계절이라 사위는 축축하고 어두웠다. 이우는 건물 앞에 서 있는 택시를 향해 터벅터벅 걸어갔다. 이런 날에는 택시를 잡기가 어려운데 묘한 일이었다.

♦ ♦ ♦

운전기사는 백발의 노인이었다. 차창 밖으로 보이는 뿌연 풍경을 배경으로 하니, 그의 잡티 하나 없이 새하얀 머리가 더욱 돋보였다. 택시보다는 마차를 운전하는 게 더 어울릴 것 같은 노인이었다.

"어디로 가십니까?"

이우는 좌석 깊숙이 몸을 묻으며 한숨처럼, 집 근처 큰 사거리를 말하고 눈을 감았다.

차 안은 고요했다. 노인은 라디오나 음악을 켜지 않았고, 처음 목적지를 물은 뒤로는 어떤 말도 건네지 않았다. 운전 솜씨가 훌륭해 차체는 최소한의 진동만으로 움직였다. 덕분에 이우는 오랜만에, 자신도 모르게 편안하고 깊은 잠 속으로 빠져들었다. 꿀처럼 부드럽고 달콤한 잠 속으로.

아내의 목소리가 귓가를 스쳐 화들짝 놀라 깨기 전까지.

……여보…….

이우는 번쩍 눈을 떴다. 그는 자신이 차 안에 있다는 사실을 잊고, 자리에서 벌떡 일어나려고 했다. 그러나 방금 잠에서 급하게 깬 팔다리가 제대로 말을 듣지 않아 어린아이처럼 버둥거리기만 했다.

"손님?"

백발의 택시 기사가 룸미러로 이우를 보며 말했다. 이우는 어색하게 헛기침을 했다. 가끔, 수업시간에 졸다가 저도 모르게 자리에서 벌떡 일어나거나 책상을 발로 걷어차는 아이들이 있었다. 교사인 이우는 매번 근엄한 얼굴로 호되게 혼을 내주었기에, 그로서는 이 상황이 더욱 난감하게 느껴졌다. 하지만 기사는 그의 잠버릇을 탓하려고 부른 게 아니었다.

"손님, 죄송합니다만 차에 문제가 생겼나 봅니다. 이 녀석도 저처럼 늙었거든요. 여기서 내리셔서 다른 차를 이용하시는 게 좋겠습니다."

이우는 그제야 차에서 진동이 사라진 것을 깨달았다. 언제부터인지는 모르지만, 택시는 뿌연 안개 속에 멈춰 서 있었다. 이우는 미터기의 금액을 확인하고 돈을 내밀었으나 기사는 고개를 저었다.

"차비는 받지 않겠습니다. 목적지까지 모셔드리지 못했으니까요. 이곳이 좀 외지긴 한데, 그래도 꾸준히 사람이 드나드는 곳이니 다른 택시를 잡기가 어렵진 않으실 겁니다."

이우는 주춤거리며 지폐를 든 손을 거두고 택시에서 내렸다. 등 뒤에서 기사가 다시 한 번 말했다.

"정말 죄송합니다. 부디 목적지까지 편안히 가십시오."

144

밖으로 나오자, 금세 축축한 공기가 온몸을 감쌌다. 안개는 어느새 한층 짙어져 이우는 자신이 있는 곳이 어디인지조차 알 수 없었다. 좀 외지긴 한데, 꾸준히 사람이 드나드는 곳. 택시 기사는 그렇게 말했지만, 이 도시에서 그런 곳이 어디 한두 군데던가.

이우의 머릿속에 든 의문에 대답이라도 하려는 듯, 문득 안개가 옅어지더니 표지판 하나가 가로등 아래로 모습을 드러냈다.

64번 길.

64번 길은 도시에서 가장 오래된 구역으로, 안개가 흔한 이 도시에서도 가장 짙은 안개가 고이는 곳으로 유명했다. 몇 해 전 대대적인 도시 재정비 후에도 초창기 모습 그대로 남은 유일한 곳이 64번 길을 둘러싼 지역이었다. 좁은 골목에 서로 어깨를 맞댄 작은 가게 주인들은 하나같이 재정비 사업 동의서에 도장 찍기를 거부했고, 그 결과로 높이 솟은 빌딩숲 사이에 갇혀버렸다. 정비사업 책임자들은 그들이 모두 제풀에 나가떨어질 거라고 생각했다. 누가 최신시설로 단장한 깨끗하고 환한 쇼핑몰을 놔두고, 어둡고 축축한 작은 가게를 찾겠는가. 그들은 결국 잔뜩 기가 죽어, 보상금은 필요 없으니 정비공사라도 해달라고 찾아올 거라고. 그러나 예상은 빗나갔다. 어찌 된 일인지 64번 길 상인들은 그늘과 안개에 갇힌 뒤에도 누구 하나 불평의 목소리를 내지 않았다. 이 골목 단골손님들 또한 한층 어둡고 축축해진 골목 속으로 선뜻 들어와 주었던 것이다.

아내처럼.

아내는 책을 좋아했다. 누군가의 손때가 묻은 헌책을 새 책보다 더 좋아했다. 이우는 그녀가 가끔 들르는 헌책방이 64번 길에 있다는 이야기를 들은 적이 있었다. 그 골목 가게들은 모두 아주 작지만, 그중에서도 특히 작은 축에 드는 좁은 책방과 늘 팩에 든 흰 우유를 빨대로 마시고 있다는 무표정한 주인 남자에 대한 이야기를. 그 아저씨는 우유만 먹고 사나 봐. 언제나 우유를, 그것도 꼭 빨대로 마시고 있거든. 옆에 파란 플라스틱 휴지통이 하나 있는데, 늘 보면 거기 우유팩이 가득해. 우유 말고 다른 건 안 먹느냐고 물어보고 싶은데 물어봐도 왠지 아무 말도 안 해줄 것처럼 생겨서 차마 입이 안 떨어져. 정말이지, 그렇게 무표정한 사람은 세상에 다시없을 거야. 이우의 귓가에 아내의 달콤한 목소리와, 그의 귓불 위에서 춤을 추듯 움직이던 그녀의 예쁜 손가락의 감촉이 아프게 되살아났다.

그래서 말이야, 난 자기가 참 좋아. 자기는 정말 표정이 풍

146

부한 사람이거든. 얼굴만 봐도 자기가 무슨 생각을 하는지 알 것 같아. 난 의뭉스러운 사람은 정말 싫으니까.

표정이 풍부하고, 얼굴만 봐도 무슨 생각을 하는지 알 수 있어서 '의뭉스럽다'라는 단어는 존재하지 않는 우주에 살 것 같은 사람은 이우가 아니라 그녀였다. 이우의 사랑스러운 아내. 언제나 그녀의 빛나는 표정을 바라보는 사이에, 이우는 그저 그녀를 닮아갔을 뿐이었다. 그리고 그녀를 다시 만날 방법이 없는 이 세상에서, 이우는 모든 표정을 잃은 채 안개 속에 서서 64번 길 입구를 바라보았다.

아내는 이곳에 몇 번이나 왔을까. 그녀가 좋아하는 이곳에 함께 온 적이 없다는 사실이 이우의 가슴을 아프게 때렸다. 아내는 늘 행복해 보였고, 그녀의 행복한 모습은 이우를 자랑스럽게 해주었다. 그는 자신이 썩 괜찮은 남편이라고 자부했다. 하지만 정말로 그랬을까? 이우는 아내에게 숨기는 것이 아무것도 없었다. 하지만 그녀도 그랬을까?

빈 택시 한 대가 안개 속에서 라이트를 켜고 슬금슬금 나타났다. 빈 차 표시등이 유난히 붉게 빛났지만, 이우는 택시를 향해 손을 드는 대신 입을 굳게 다물고 64번 길 골목 안으로 발걸음을 옮겼다.

♦ ♦ ♦

골목 안 가게들은 한눈에 보기에도 낡고 오래되었고, 정말 좁고 작았다. 그리 넓지 않은 골목 양쪽으로 따개비처럼 다닥 다닥 달라붙은 가게들을, 이우는 천천히 훑어보았다. 안개가 무릎까지 차오르다 못해 등허리까지 축축하게 적셔서 기분이 썩 좋지 않았다. 그래도 어쨌든 들어온 김에 아내가 즐겨 찾던 헌책방만은 들러보고 싶었지만, 그나마도 뜻대로 되지 않았다. '헌책'이란 글자가 커다랗게 적힌 가게를 발견하긴 했지만, 하필이면 오늘 문을 닫았다. 어른 주먹만큼이나 커다란 자물쇠가 문 앞에 단단히 걸려 있었다. 이우는 잠긴 문 앞에 서서, 자물쇠에 번지기 시작하는 녹 자국을 바라보았다.

자, 이제 어쩐다?

그는 64번 길 입구 쪽으로 시선을 돌렸다. 자신도 모르는 새 꽤나 걸어 들어온 듯, 짙은 안개가 시야를 온통 메웠다. 이우는 한숨을 쉬었다. 피곤이 안개처럼 그를 감싸 안았다.

"어? 선생님!"

이우는 중학교 국어교사로 십여 년을 일한 결과, '선생님' 이란 말을 들으면 자신도 모르게 반응하는 습관을 얻었다. 휴직 중이라 해도 습관이 사라진 것은 아니어서 그는 안개 속에

148

서 목소리가 들려온 쪽으로 고개를 돌렸다.

"선생님! 와, 진짜 오랜만이에요!"

이우가 휴직 중인 중학교 교복을 입은 두 소녀가 그를 향해 뛰어왔다. 한 아이는 갈래머리를 땋았고, 다른 아이는 단발머리가 귀여웠다. 진짜 오랜만이라니, 꽤 오랜 시간이 흐른 것 같았지만 이우는 자신이 휴직을 한 지 얼마나 되었는지 계산이 되지 않았다.

"선생님도 여기 자주 오세요?"

생각이 나지 않는 것은 그뿐만이 아니었다. 이렇게 자신을 반기는 제자들에게 이름이라도 다정히 불러주고 싶었지만, 얼굴이 낯익다는 것 말고는 자음 하나도 기억이 나지 않았다.

"으, 응."

이우는 할 수 없이 어정쩡하게 대답했다.

"와, 진짜 신기하다. 선생님들도 이런 데 오시는구나. 하긴, 여긴 사실 뒤져보면 예쁜 물건 진짜 많거든요. 가격도 진짜 싸구요. 그렇지?"

갈래머리 소녀가 묻자, 곁에 선 단발머리 소녀가 고개를 끄덕였다. 이우의 머릿속에서 늘 함께 붙어 다니는 두 소녀의 모습이 흐릿하게 떠올랐다. 그러나 끝내 둘 중 어느 한쪽의 이름도 기억해내지 못했다.

"그래, 너희들은 뭘 샀니?"

대신 그는 얼른 화제를 돌렸다. 상대가 질문을 못 하게 막으려면, 이쪽에서 먼저 질문을 던지는 게 제일이다.

"제가 초등학교 때 받은 상장이요!"

갈래머리가 신이 나서 대답했다.

"이사할 때 없어져서 대박 속상했거든요! 근데 진짜로 있었어요!"

"내가 있을 거라고 했잖아!"

단발머리가 끼어들었다.

"그래그래, 다 님 덕분이네요!"

두 아이가 까르르륵 요란하게 웃음을 터뜨렸다. 이우는 따라 웃고 싶었지만, 뭐가 그렇게 우스운지 알 수 없어서 그저 어정쩡한 표정으로 소녀들을 보고 서 있었다.

"맞다, 선생님도 가보세요!"

단발머리가 골목 끝을 손가락으로 가리켰다.

"저기, 쭉 골목 따라가면요, 맨 끝에 있어요. 그 가게만 간판이 없으니까 바로 알아보실 수 있을 거예요."

"대박, 간판이 없어요!"

갈래머리가 배까지 움켜잡고 웃어댔다. 어린 소녀들이 웃으니 안개로 뿌옇게 흐린 골목 안이 환해지는 것 같았다. 모든 것이 마냥 즐거운 나이. 이우는 아이들의 그 웃음이 부러웠다. 이우는 그런 나이를 한참 지난 후에도 그렇게 웃었던 사람을 알고 있었다.

"학원! 오늘도 지각하면 엄마한테 전화한댔는데!"

갑자기 갈래머리가 화들짝 놀라며 펄쩍 뛰어올랐다. 소녀들은 이우에게 꾸벅 고개를 숙이는 둥 마는 둥 안개 속으로 달음박질쳤다.

느네 엄마 진짜 너무한다!

누가 아니래, 그래도 이번 달에 평균 10점 올리면 팬싸 보내준댔어.

야, 되고나 말해.

신나게 떠드는 목소리들이 멀어져 갔다.

이우는 단발머리가 가리킨 쪽으로 발걸음을 옮겼다. 초등학교 때 받은 상장 따위를 파는 가게란 건, 쓸모없는 잡동사니를 모아 둔 싸구려 골동품 가게 같은 곳이려니 생각했다. 어차피 이 골목으로 들어왔으니 어떤 쓰레기를 얼마나 모아 놓았는지 보는 것도 나쁘지 않으리라.

소녀들이 말한 가게는 정확히 골목 안 막다른 끝에 있었다. 다른 가게들과 엇비슷한 모양새의 작은 가게로, 반투명한 우윳빛 유리 미닫이문에 내부의 조명등이 비쳐 보였다. 간판도 없고, 가게 앞에 늘어놓은 물건도 없었다. 출입문에 붙여 놓은 손바닥만 한 종이 한 장이 전부였다. 이우는 가까이 다가가 그 종이에 적힌 깨알 같은 여섯 글자를 읽었다.

추억을 팝니다.

간판이 없는 줄이야 알고 왔지만, 바짝 다가서야 보이는 작은 글씨로 달랑 '추억을 팝니다.'라고 적어 놓다니. 주인이라는 작자는 장사할 생각이 없는 게 분명했다. 장사할 생각이 없는 가게에 굳이 들어갈 필요가 있을까, 이우는 잠시 망설였다. 하지만 골목을 되짚어 나온다 한들 그가 할 일은 달리 없었다. 아무도 없는 집에 돌아가는 일은 전혀 급하지 않았다. 이우는 안으로 들어가 보기로 했다.

유리 미닫이문은 썩 새것 같아 보이지 않아 아마도 드르륵 소리 같은 게 날 거라고 생각했다. 하지만 의외로 아무런 소리도 없이 부드럽게 열렸다. 내부는 마치 7, 80년대의 구멍가게를 연상케 했다. 굳이 다른 데를 찾자면, 낡은 진열대에 놓인 물건들이 라면이나 과자나 설탕 따위가 아니라는 점 정도였다. 흐린 조명 아래 보이는 물건들은 이우가 예상했던 대로 쓸모라곤 전혀 없어 보이는 잡동사니들이었다. 설마 이런 걸 팔겠다고 내놓은 건가? 이우는 저도 모르게 이맛살을 찌푸렸다. 그러고 보니 어디선가 매캐한 먼지 냄새도 나는 것 같았다. 이우가 막 코를 틀어막으려는 찰나였다.

"어서 오십시오."

진열대 너머에서 나타난 사람은 산타클로스처럼 풍성한 흰 수염을 가진 노인이었다. 잡티 없이 새하얀 수염과 입고 있는 노란 스웨터가 무척이나 잘 어울렸다. 택시 기사도 노인이더니, 가게 주인도 노인. 오늘은 할아버지들과 인연이 많은 날이로구나, 하고 이우는 생각했다.

"아, 안녕하세요. 어르신께서 여기 사장님이십니까?"

"그렇습니다. 손님은 우리 집에 처음 오셨습니까?"

"예, 처음입니다. 그냥, 우연히 지나다가 들어왔습니다."

갈래머리와 단발머리를 만나지 않았더라면 들어오지 않았을 테지만, 이우는 그런 것까지 일일이 말할 필요는 없다고 생각했다.

"세상에 우연이란 없답니다."

노인이 말했다.

"모든 건 다 그럴 만해서 그렇게 되는 것이지요. 손님께서도 우리 집에서 사 갈 뭔가가 있을 겁니다."

이것은 새로운 세일즈 방식인가? 이우는 가게 안에 들어온 게 잘한 일인지 헷갈리기 시작했다. 설마, 그냥 나간다고 노인네가 해코지하지는 않겠지. 이우는 슬쩍 눈으로 주위를 훑었다. 다행히도 근처에 지팡이나 몽둥이 따위는 보이지 않았다.

"천천히 둘러보십시오."

"아, 예."

노인은 가게 구석의 낡은 소파에 앉아 신문을 펼쳐 들었다. 어딘가 시골 마을의 버스 정류소 앞 다방에서 오래도록 쓰다가 내다 버린 것 같은, 원래 색깔이 무엇이었는지 짐작조차 어려운 우중충한 색의 소파였다. 이우는 기왕 들어온 김에 노인의 말대로 천천히 가게 안을 둘러보기로 마음먹었다. 자세히 보니 제법 재미있는 물건들이 적지 않았다. 줄무늬가 들어간 구슬이며, 오리지 않은 종이인형, 싸구려 프라모델, 자연시간 준비물이었던 물체 주머니 따위를 연거푸 발견하는 동안 이우는 저도 모르게 슬그머니 미소를 지었다. 그것은 실로 아내가 죽은 후 처음으로 그의 얼굴에 떠오른 미소였다.

이우는 다음 진열대로 걸음을 옮겼다. 천장에 매달린 백열등에서 좀 더 멀어진 자리라 그런지 진열대는 조금 더 어둡게 느껴졌고, 그래서인지 어린 시절의 추억이라고는 부를 수 없는 물건들이 보였다. 이우는 〈플레이보이〉 표지를 넘겨보려고 손을 뻗었다가 제풀에 무안해져 얼른 거두었다. 일주일에 한 번씩은 반드시 노골적인 성애 묘사를 등장시켜 어린 이우의 마음에 파문을 일으켰던 신문 연재소설도 있었다. 보란 듯이 일부러 그 페이지를 펼친 상태였다. 이우는 문득, 그 시절 그가 몰래 신문을 훔쳐본다는 사실을 아버지가 알았는지 궁금해졌다. 알고도 모른 척하셨으리라. 아버지는 이미 돌아가셨으니 물어볼 길은 없었지만, 이우는 어쩐지 당신이 그랬을 것만 같았다.

그 옆 진열대에 놓인 것은 여자들의 물건이었다. 족히 수십 년은 넘었을 법한 코티 분통 옆에, 절반쯤 남은 샤넬 향수가 뿌옇게 흐려진 거울과 나란히 놓여 있었다. 거울을 보던 여자는 지금쯤 할머니가 되었거나 어쩌면 오래전에 세상을 떠났을지도 몰랐다.

주인이 떠난 후에도 남은 물건들.

이우는 안방 장롱 속에 그대로 남은 아내의 옷과 신발장 속 그녀의 구두를 생각했다. 아내를 아름답게 만들어주었던 물건들이 남편을 비참하게 만드는 물건들로 너무 쉽게 변했다는 걸, 이우는 여전히 받아들일 수 없었다. 이우는 속에서 치미는 무언가를 참느라 잠시 걸음을 멈추었다. 그는 눈을 감고 천천히 숨을 내쉬었다. 이곳이 집이었다면 그대로 터져 나오게 내버려 두었겠지만, 낯선 사람 앞에서 그러고 싶지 않았다. 그때, 귓가가 서늘해졌다.

……여보…….

그것은 아까 택시 안에서 이우를 놀라게 했던 것과 같은 소리였다. 이우는 눈을 뜨고 고개를 돌렸다. 거기, 아내가 서 있었다. 진열대 사이 어두운 공간에 반쯤 몸을 숨긴 채 이쪽을 바라보는 여인은 틀림없는 그의 아내였다.

"당신은……."

이우는 차마 그 말을 입 밖에 낼 수 없었다. 그 말만은 하고 싶지 않았다. 이우는 입안에 든 말을 꿀꺽 삼키고 아내에게 다가갔다. 아내가 뒷걸음쳐 어둠 속으로 사라져버릴지도 모른다는 생각이 머리를 스쳤지만, 이우의 몸은 그의 생각보다 더 빠르게 움직였고 아내는 사라지지 않았다.

"당신……."

당신이 맞지? 너무 보고 싶었어. 어떻게 이런 일이 생기는 거야? 아니, 그런 건 상관없어. 돌아와 줘!

이우의 머릿속에서 하고 싶은 말들이 아우성을 쳤지만, 이우는 피가 나도록 아랫입술을 깨물었다. 한마디만 더 하면 헛된 말과 함께 아내가 꿈처럼 흩어질 것만 같았다. 대신 그는 있는 힘껏 아내를 끌어안았다. 말 없는 아내가 품에 안기는 순간, 이우는 더 참지 못하고 울음을 터뜨렸다. 어린아이처럼 엉엉 우는 어른의 울음소리가 가게 안의 고요를 흔들었다.

"손님."

어깨를 부드럽게 건드리는 손은 주인 노인의 것이었다. 이우는 아내의 손을 꽉 잡은 채 몸을 반쯤 돌려 노인을 보았다.

"어르신!"

노인이 고요한 눈으로 이우를 쳐다보았다.

"원하시는 물건을 찾으셨습니까?"

"물건이 아니라 사람을 찾았습니다. 제가 데려가겠습니다!"

노인은 대답이 없었다. 이우는 얼른 덧붙였다.

"얼마를 드리면 됩니까?"

"돈은 필요 없습니다."

"돈은 필요 없다고요?"

이우는 다급히 물었다.

"그럼 뭘로 지불합니까? 혹시 영혼이라든가 그런 걸 원하십니까?"

영혼 따위 얼마든지 가져가라지.

이우는 아무것도 두렵지 않았다. 그러나 노인은 천천히 고개를 가로저었다.

"초라한 가게나 지키는 늙은이가 무슨 재주로 손님의 영혼을 거둘 것이며, 그런 재주가 있다고 한들 남의 영혼을 어디에 쓰겠습니까?"

"그럼 뭘 드리면 됩니까?"

158

"그냥 가십시오."

"그냥 가라고요?"

"돈으로 살 물건이 아닌데 돈을 받을 수는 없지요."

이우는 아내를 보았다. 아내는 여전히 거기 있었다. 다시 보니 그녀는 이우가 사준 베이지색 원피스를 입고 있었다. 이우가 시신을 확인하러 갔을 때 보았던 것과 같은 옷이었다. 죽은 아내와 함께 태웠던 옷이, 살아 있는 아내와 함께 나타난 것이다. 변함없이 눈이 부신 모습으로.

"고맙습니다, 고맙습니다!"

이우는 얼떨떨한 기분으로 연거푸 허리를 굽혔다. 뭔가 마음 한구석이 찜찜했지만, 그런 것까지 일일이 돌볼 겨를이 없었다. 이우는 마음이 급했다. 아내를 찾았으니 집으로 데려가기만 하면 되는 거였다. 그러면 모든 것이 제자리로 돌아올 것이다.

"또 오십시오."

노인이 소리 없이 열리는 미닫이문을 열어주었다. 이우는 아내의 손을 잡아끌다시피 하여 가게를 나섰다. 아내는 한마디도 하지 않았지만, 이우는 상관하지 않았다. 오랜 먼지가 쌓인 집을 단시간에 청소할 수 없듯이, 먼 곳에서 돌아온 아내에게도 시간이 필요할 터였다. 이우의 걸음은 급했다. 64번 길의 안개는 좀 전보다 더 짙어져 이우는 몇 번이고 넘어질 뻔했지만, 그때도 아내의 손을 놓는 바보짓은 하지 않았다. 그는 죽어도 그 손만은 놓지 않을 생각이었다.

마침내 골목 밖으로 나왔을 때, 안개는 거짓말처럼 사라졌다. 햇빛이 어찌나 눈이 부신지 이우는 저도 모르게 눈을 찌푸리며 아내의 손을 잡지 않은 왼손을 들어 그늘을 만들었다. 새파란 하늘에는 구름은커녕 새도 보이지 않았다. 거리에는 사람들이 바삐 걷고, 차도에는 성질 급한 차들이 서로 먼저 가겠다고 몸을 부비고 있었다. 이우는 이 도시에 처음 온 외국인 여행자처럼 멍하니 그 광경을 바라보았다.

텅 빈 오른손과 거기 남은 푸르스름한 멍 자국을 발견하고, 길 한가운데에 털썩 주저앉을 때까지.

작가님을 찾습니다

단한권의책에서는 웹소설, 장르소설을
함께 기획하여 집필할 작가분을 찾습니다.
출간하고자 하는 작품의 시놉시스나 간단한 내용 소개를
jjy5342@naver.com으로 보내주시면
정성껏 검토한 후에 연락드리겠습니다.
역량 있는 작가분들의 많은 응모를 기다리겠습니다.

✦✦✦ 단한권의책 도서목록 ✦✦✦

캘리그라피 _____

캘리그라피 쉽게 배우기
박효지 지음 | 18,000원

따라 쓰며 쉽게 배우는 캘리그라피
박효지 지음 | 18,000원

**지그펜으로 쉽게 배우는 영문 캘리그라피:
기초부터 활용의 궁극까지**
오다와라 마키코 지음 | 서수지 옮김 | 13,000원

실전 캘리그라피 파이널 레슨북 [크라프트 에디션]
박효지 지음 | 21,000원

딥펜으로 쉽게 배우는 한글 캘리그라피
박효지 지음 | 15,500원

쉽게 배우는 모던 영문 캘리그라피
단비 장은정 지음 | 16,000원

문학 _____

어린왕자 ★ 별: 순수한 영혼 이야기
생텍쥐페리, 알퐁스 도데 지음 | 김설아 옮김 | 12,800원

빨간 머리 앤
루시 모드 몽고메리 지음 | 류지원 옮김 | 14,000원

이상한 나라의 앨리스: 꿈을 심어주는 환상동화
루이스 캐럴 지음 | 류지원 옮김 | 13,000원

거울 나라의 앨리스
루이스 캐럴 지음 | 류지원 옮김 | 13,500원

키다리 아저씨: 마음과 마음이 닿는 문장
진 웹스터 지음 | 최주언 옮김 | 14,000원

개떡아빠 [특별보급판]
김세호 지음 | 13,000원

**알퐁스 도데 단편선집:
프로방스 지방 목동의 이야기 [밤하늘 에디션]**
알퐁스 도데 지음 | 김설아, 양승순 지음 | 13,500원

화염소녀
김미리 지음 | 13,800원

이솝우화: 재미와 교훈이 있는 113가지 지혜
이솝 지음 | 김설아 옮김 | 12,000원

온가족이 함께 읽는 샤를 페로 고전동화집
샤를 페로 지음 | 김설아 옮김 | 12,500원

젊은 베르테르의 슬픔 [블랙 에디션]
요한 볼프 강 폰 괴테 지음 | 김설아 옮김 | 13,000원

**피터 래빗 이야기:
마음이 따뜻해지는 가족동화집**
베아트릭스 포터 지음 | 김나현 옮김 | 13,000원

피터 래빗의 친구들: 사랑스러운 가족동화집
베아트릭스 포터 지음 | 김나현 번역 | 13,500원

**피터 래빗의 친구들2:
행복이 샘솟는 가족동화집**
베아트릭스 포터 지음 | 김나현 옮김 | 8,800원

미니북 _____

**미니 피터 래빗 이야기:
마음이 따뜻해지는 가족동화집**
베아트릭스 포터 지음 | 김나현 옮김 | 6,000원

**미니 피터 래빗의 친구들:
사랑스러운 가족동화집**
베아트릭스 포터 지음 | 김나현 옮김 | 6,000원

**미니 피터 래빗의 친구들2:
행복이 샘솟는 가족동화집**
베아트릭스 포터 지음 | 김나현 옮김 | 5,000원

미니 피터 래빗 이야기 세트 [전3권]
베아트릭스 포터 지음 | 김나현 옮김 | 17,000원

미니 빨간 머리 앤: 우리들의 영원한 친구
루시 모드 몽고메리 지음 | 류지원 옮김 | 7,000원

미니 이상한 나라의 앨리스
루이스 캐럴 지음 | 류지원 옮김 | 6,500원

미니 거울 나라의 앨리스
루이스 캐럴 지음 | 류지원 옮김 | 6,900원

미니 이상한 나라의 앨리스 세트 (전2권)
루이스 캐럴 지음 | 류지원 옮김 | 13,400원

미니 어린왕자: 순수한 영혼 이야기
생텍쥐페리 지음 | 김설아 옮김 | 6,000원

**미니 이솝우화: 재미와 교훈이 있는
113가지 지혜**
이솝 지음 | 김설아 옮김 | 6,000원

**미니 불멸의 클래식 세트1 (미니 이솝우화 + 미니
어린왕자)**
이솝, 생텍쥐페리 지음 | 김설아 옮김 | 12,000원

미니 키다리 아저씨
진 웹스터 지음 | 최주언 옮김 | 7,000원

예술

**귀욤귀욤 볼펜 일러스트:
볼펜으로 그리는 깜찍발랄 세상**
아베 치카코 외 4인 지음 | 홍성민 옮김 | 12,500원

매력뿜뿜 동물 일러스트: 멸종 위기 동물편
이요안나 지음 | 11,200원

부비부비 강아지 일러스트
박지영 지음 | 12,500원

다이어리 꾸미기 일러스트
나루진 지음 | 13,000원

감성 돋는 뉴 레트로 종이인형: 바비인형편
박지영 지음 | 12,000원

바비인형 따라 그리기 [쁘띠 에디션]
박지영 지음 | 12,000원

온가족이 함께 그리는 초간단 손그림
아자 지음 | 11,500원

일러스트 따라잡기: 한복편
아자 지음 | 13,800원

꽁냥꽁냥 고양이 일러스트
박지영 지음 | 13,500원

취미/실용

**자투리 천으로 쉽게 만드는 미니어처:
보기만 해도 미소 가득해지는 86가지 소품**
부티크사 지음 | 홍성민 옮김 | 13,500원

**115 베이직 종이접기:
두뇌 발달부터 치매 예방까지**
니와 다이코, 미야모토 마리코 지음 | 서수지 옮김 | 13,000원

**서로 다른 그림 찾기:
또르르 눈운동 떼구루루 두뇌운동**
짱아찌 기획 | 이요안나 그림/만화 | 10,000원

망고네 고양이 밥상: 고양이가 행복해지는 밥상
박은정 지음 | 13,000원

내 강아지를 위한 엄마표 레시피 1
박은정, 최수연 지음 | 8,000원

All-new 망고네 강아지 밥상
박은정 지음 | 13,500원

방구석 숨은 그림 찾기: 명화편
아자 그림 | 짱아찌 글 | 8,500원

방구석 숨은 그림 찾기: 세계여행편
아자 그림 | 짱아찌 글 | 7,900원

방구석 숨은 그림 찾기: 국내여행편
아자 그림 | 짱아찌 글 | 7,900원

방구석 숨은 그림 찾기: 지구탐험편
아자 그림 | 짱아찌 글 | 7,900원

방구석 숨은 그림 찾기: 우주탐험편
한백 지음 | 8,500원

온 가족이 똑똑해지는 숨은 그림 & 미로 찾기
이요안나 지음 | 6,600원

이야기가 함께 하는 숨은 그림 & 미로 찾기 2
한백 지음 | 9,900원

달콤한 아침 포근한 저녁:
365일, 날마다 내 삶을 변화시켜주는 한 문장
두드림 지음 | 이지예 사진 · 박효지 그림/만화 | 16,000원

처음 만나는 철학자:
교양인이 되기 위한 철학 입문서
김이수 지음 | 15,000원

품격을 높이는 세계사:
아무도 모르는 세계사의 뒷이야기
남원우 지음 | 12,500원

결국은 논어:
난제의 시작과 끝은 공자의 말씀
공자 지음 | 정영수 옮김 | 17,500원

퍼즐

가로세로 낱말 퍼즐: 재미부터 상식까지
단한권의책 엮음 | 8,800원

가로세로 낱말 퍼즐: 세계사편
단한권의책 엮음 | 8,900원

가로세로 낱말 퍼즐: 한국사편
단한권의책 엮음 | 8,900원

가로세로 낱말 퍼즐 세트
단한권의책 엮음 | 26,600원

수학 퍼즐: 머리가 좋아지는 두뇌트레이닝북
짱아찌 지음 | 8,900원

풀 때마다 머리가 좋아지는 수학퍼즐:
더 크로스편
짱아찌 지음 | 8,900원

영어 낱말 퍼즐:
재미를 더한 영어 기초 트레이닝
양승순 지음 | 8,900원

가로세로 낱말 퍼즐: 재미부터 상식까지 [시즌2]
짱아찌 지음 | 7,700원

가로세로 낱말 퍼즐: 한국사편 [시즌2]
짱아찌 지음 | 7,200원

그림으로 푸는 영어 낱말 퍼즐 [시즌2]
짱아찌 지음 | 아자 그림 | 8,900원

인문

월든: 마음의 안식처
헨리 데이빗 소로우 지음 | 최주언 옮김 | 15,500원